文庫

ムーミンのふたつの顔

冨原眞弓

筑摩書房

目次

ムーミンのふたつの顔

はじめに

あなたは「ムーミン」と聞いてなにを連想しますか、という質問には、きっとさまざまな答が返ってくるにちがいない。迷わず児童文学の一冊をあげる人もいれば、フィギュアやステーショナリからファブリックやインテリアまで、ありとあらゆるムーミングッズを思いうかべる人もいるだろう。子どものとき夢中になったテレビアニメをあげる人も多いだろう。あるいはフィンランドの森や湖を連想する人もいるかもしれない。

ムーミンとひと口にいっても、ヤンソンが子どものために創りあげた児童文学や絵本、新聞読者のために描いたコミックス、若い読者を念頭においたヤングアダルト小説、おとなの読者にあてたポストムーミン小説というぐあいに、そのつど発表された媒体《メディア》や文学ジャンルによって、じつに多彩な「顔」をみせる。どのようなメディア、どのような文学ジャンルと最初に出会うかで、「ムーミン」の印象はかなり変わってくるだろう。

わたし自身は、年代的なタイミングもあって、ムーミンを知らずに子ども時代を送った。きちんと児童文学を読み、テレビアニメをみたのは、おとなになってからのことだ。

その後、児童文学作家ヤンソンにはほかの「顔」があることも知った。ムーミンの漫画《コミックス》、おとなむけの小説や短篇、政治風刺漫画、油絵やフレスコ画など、その活動領域は驚くほど多岐にわたる。そのことを滞在中のストックホルムで実感した。書店で平積みにされた最新作の小説や短篇集をみて、ヤンソンが児童文学作家としてのみならず現役の作家としても、母国フィンランドをはじめ北欧諸国で高く評価されていることを知ったのだ。

北欧におけるムーミンコミックスの人気にも驚いた。フィンランドやスウェーデンで主要な日刊紙をひろげると、ずいぶん前に終わったはずの連載漫画《コミックス》「ムーミン」が読めるのだ。ヤンソンはいまもコミックスを描いているのか、と友人に聞くと、新作ではなく旧作の再掲載なのだという。何十年も昔の作品が変わらず愛されている事実に、あらためて感じいった。

ヨーロッパで一九五四年に新聞連載が始まるや、おとなも子どももコミックスのムーミンに魅了された。児童文学のムーミンが世界的にひろく認知されるに先立って、すくなくとも北欧と英語圏にかぎるならば、コミックスの人気はすでに確立していたといってよい。

ひるがえって日本ではどうか。ほんのすこし前までヤンソンといえばムーミン、ムーミンといえば児童文学かテレビアニメ、というのが一般的な反応だった。ヨーロッパと異なり日本では、コミックスではなく児童文学としてのムーミン受容が先行したからだろう。日本独自の事情もある。児童文学とコミックスの刊行につづくかたちで、一九六九年、いわばムーミンの「第三の顔」となるテレビアニメが放映された。日本人スタッフの制作した世界初のテレビアニメ「ムーミン」の誕生である。ムーミンが児童文学で得た認知度は、テレビアニメ放映によって一挙に高まった。日本でのムーミン受容はテレビアニメの影響ぬきには語れない。そして世界に冠たる日本製ムーミングッズの快進撃も。

本書では、まずヨーロッパにおけるムーミン受容の現象を、作家ヤンソンの伝記的脈絡のなかで論じ、日本での受容の特殊な状況にも言及したい。つぎにコミックスとしてのムーミンを読みとく。やがてコミックスとともにムーミンの「夏」(児童文学のムーミンシリーズ前半)が終わり、「冬」(同シリーズ後半)が始まる。これもまた「ふたつの顔」だ。天変地異にもめげず元気に冒険をくりひろげる「夏の顔」と、自然的な厄災に心理的な葛藤がかさねられて、ときとして深刻な孤独や不安にたちむかう「冬の顔」である。最後に、内容からみても時系列からみても、児童文学の継続であり断絶でもあるポストムーミン作品を論じたい。その過程で、作家ヤンソンの「ふたつの顔」もかいまみえてくるはずだ。

ヤンソンの母国をふくむヨーロッパで、あるいは遠い異国の日本で、受容の様態にしたがって、ムーミンに異なる「顔」をみせてきた。どれもほんとうの「顔」だ。対象となる読者や視聴者、表現手段としてのメディア、受容の形態や歴史、これらすべてにおける両義性こそが、ムーミンの尽きせぬ魅力の泉である。ムーミンやポストムーミンを関連させつつ丁寧に読んでいく作業をつうじて、児童文学、コミックス、小説、短篇など、文学ジャンルを問わず、独自の境地をひらいた芸術家トーベ・ヤンソンの「さまざまな顔」に、わずかでも迫ることができたとすれば、著者としてこれ以上の歓びはない。

1　ヨーロッパの「ムーミン」

新聞連載漫画から児童文学へ

ムーミン、ロンドンにあらわる

一九五四年九月一三日、ロンドンの夕刊紙『イヴニング・ニューズ』の愛読者は、第一面のまんなかに奇妙なものを眼にした。芝生に転がった白いボールのようにもみえる。「これはいったいなあに？　月曜日にわかるよ」という謎めいた文章がそえてある［図1－1］。ぐったりと疲れて家路にむかう地下鉄のなかでも、夕食の支度に忙しくしていても、大半が求人広告の文字や図版で埋めつくされた紙面でみると、なかなかに印象的なレイアウトだ。

しかも翌日も、またその翌日も、手を変え、品を変え、謎かけがくり返された。「まだ、みないでね、…月曜日までは」

図1－1　ムーミンの予告広告。『イヴニング・ニューズ』1954.9.13

「なんでもありだよ、…月曜日がきたらね」「なーんだ、まだ水曜日なの？　月曜日かと思ったよ（そのときはよろしく！）」「もうやめられない！…月曜日に会おうね」といったぐあいに。いわゆる情報を小出しにして興味をつなぐティーザー（じらし）広告だ。掲載が始まる直前の金曜日には、紹介記事「トーベ・ヤンソン、彼女の島、そしてムーミン」が、ヘルシンキのアトリエでキャンバスにむかう作者の写真とともに紙面をかざる。夏は北欧の小島でペンを走らせ、冬はヘルシンキのアトリエでイーゼルにむかう芸術家と、そのペン先から生まれたちょっと変わった生きものたちが、ロンドンっ子に紹介されたのだ。時をおなじくして、「毎日がムーミン」の広告版を屋根にかかげた『イヴニング・ニューズ』の配達車が、ロンドン市内を走りまわった［図1－2］。

　フィンランド生まれのムーミントロールをイギリスに紹介した『イヴニング・ニューズ』は、ロンドンの大手新聞コンツェルン「アソシエイティド・ペイパーズ」の主力新聞である。政治や三面記事のほかに社交界や王室の情報なども掲載する「品のよい」大衆紙で、当時一二〇〇万という世界一の発行部数を誇っていた。そんな新聞が無名といってよい異国の作家トーベ・ヤンソンの売りだしを決断するまでには、さまざまな紆余曲折があった。売りこみをする相手は、連載漫画《コミックス》には一家言あるイギリスの読者だ。失敗はゆるされない。

　一九五二年四月三〇日の昼すぎ、一台の長距離バスがヘルシンキに到着した。降りてきたのはひとりのイギリス人だ。長い旅だった。まずはロンドンからストックホルムまで、船と列車を乗りつぐ。ストックホルムから汽船で多島海をぬけて、フィンランドの旧首都トゥルクにわたる。さらに三時間ばかりバスにゆられて、首都ヘルシンキをめざす。イギリス人は旅の疲れを感じるまもなく、ホテルでのビジネス・ランチへとおもむいた。ロビーではこれから重要な交渉をする相手が待っていた。当時三七歳の気鋭の画家トーベ・ヤンソンだ。イギリス人の名はチャールズ・サットン、「アソシエイティド・ペイパーズ」の重役である。

　最初のフィンランド訪問はサットンの度肝をぬいた。ヤンソンと市内の格式あるホテルで食事をしている最中も、子どもやら犬やら若者やらが、ひっきりなしにサット

図1－2　ムーミンの広告版を屋根にかかげた『イヴニング・ニューズ』の配達車。

ンにまとわりつく。ふだんは落ちついた雰囲気のホテルが、にぎやかな笑い声と色あざやかな風船でみたされる。フィンランド人は照れやで人見知りをするというサットンの先入観はみごとに覆された。

じっさい多くのフィンランド人は照れやで人見知りをする。そのかわり、一年に数回だけ思いきりはめをはずす。大かがり火を焚く六月第三週の夏至祭、そして五月一日のメーデーとその前夜祭に。メーデーはドイツや北欧で盛大に祝われ、フィンランドでヴァップと呼ばれるメーデーの前夜祭は、聖ヴァルプルギスの祝日の前夜でもある。その夜、ゲーテの『ファウスト』に描かれるように、魔女たちがブロッケン山に集って乱痴気騒ぎに興じる、とされる。ふだんは寡黙で慎みぶかいフィンランド人たちも、この日ばかりは、魔女たちをみならって底抜けに陽気になる。ヴァップ前夜の四月三〇日とメーデー当日の四八時間で、おそるべき数の酒瓶が空になる。なにも知らずにお祭り騒ぎに巻きこまれたサットンは、期せずしてムーミンたちの「穏健なアナキズム」の片鱗をかいまみた。と同時に、フィンランドについてかなり偏った第一印象をいだいて帰国したのだった。

ロンドンの有力な新聞コンツェルンがフィンランドの作家に眼をつけるには、どのような経緯があったのだろう。それも並々ならぬ期待をこめて。なにしろ『ルーファスとフルック(Rufus and Flook)』に比すべき新作を、という意気込みだったのだから。

『ルーファスとフルック』は三年前の一九四九年、同コンツェルン傘下の『デイリー・メイル』紙に登場して以来、抜群の人気を誇った連載漫画《コミックス》だ［図1－3］。映画化もされた小説『ウィスキー大尽』（一九四七）の作者コンプトン・マッケンジーが粗筋《シノプシス》を考え、本業はジャズ・ミュージシャンのウォリー・フォークス（筆名トログ）が絵を描いた。子グマに似た架空の生きものフルックが、少年ルーファスをふしぎな世界につれだす。カバにみえなくもないムーミンとイメージが重なったのだろうか。

イギリスとの幸運な出会い

これほどの期待をよせられたヤンソンは、当時、母国フィンランドでさえとくに著名な画家でも作家でもなかった。ましてや本格的な新聞連載漫画《コミックス》のジャンルでは素人に近い。ヤンソンとムーミントロールのイギリス・デビューは、ムーミンとイギリス人教師との出会い、ヤンソンとイギリス人画家との出会い、というふたつの幸運な偶然のおかげ

図1−3　子グマに似たフルック。『ルーファスとフルック』より。FLOOK-Trog ©Daily Mail

だった。

あるイギリス人がヘルシンキ滞在中にスウェーデン語を修得しようと思いたった。これがそもそもの始まりだ。名はエリザベス・ポーチ、ヘルシンキの芬英協会（Finnish British Society）で英語を教えていた。なぜフィンランド語ではなくスウェーデン語を選んだのかはさておき、ともかくも語学修得の手段として、ムーミンシリーズ第三作『たのしいムーミン一家』（一九四八）を英訳しようと考えた。

だが、ヤンソンと肖像画家ケネス・グリーンの縁がなければ、せっかくの英訳もポーチの私的な達成感に終わったかもしれない。ヤンソンのアトリエをひと夏借りたグリーンが、ポーチの英訳をアーネスト・ベン社に売りこんでくれたのだ。ポーチとグリーンの尽力はすぐに報われた。英訳版『たのしいムーミン一家』（*Finn Family Moomintroll* 直訳すると『フィンランドの家族ムーミントロール』）は、一九五〇年に出版されると同時にイギリスの読者の心をとらえたのである。

以後、第一作をのぞく八冊のムーミン物語はすべてアーネスト・ベン社から刊行された。ヤンソンも、自作がはじめての外国語、それも英語への翻訳というので有頂天になる。イギリスで刊行されたポーチの英語版には、ムーミンママ自筆の手紙「イギリスの子どもたちへ」までそえられた［図1-4］。

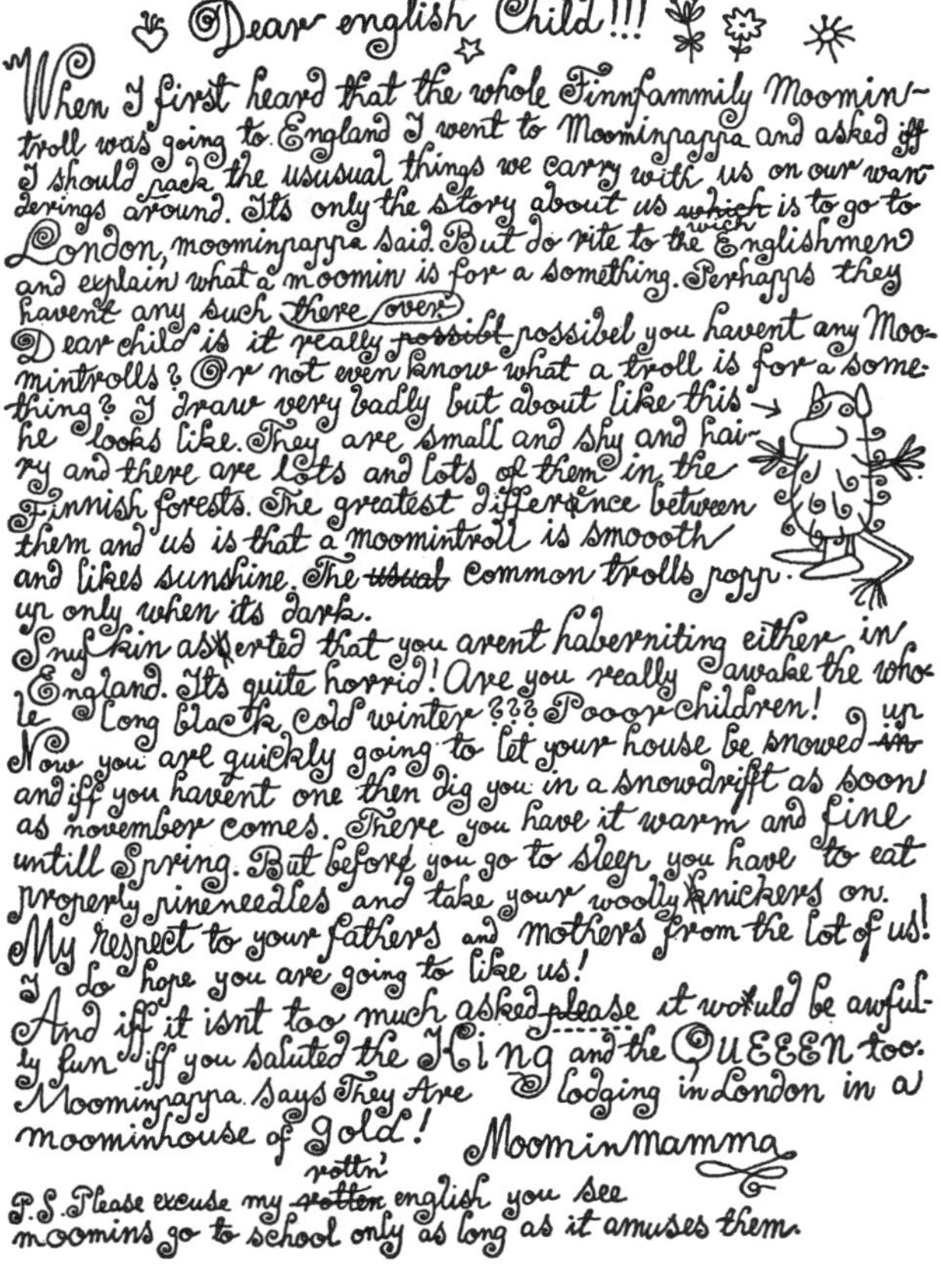
Dear english Child!!!

When I first heard that the whole Finnfammily Moomintroll was going to England I went to Moominpappa and asked iff I should pack the ususual things we carry with us on our wanderings around. Its only the story about us ~~which~~ wich is to go to London, moominpappa said. But do rite to the Englishmen and explain what a moomin is for a something. Perhapps they havent any such there over.

Dear child is it really ~~possibl~~ possibel you havent any Moomintrolls? Or not even know what a troll is for a something? I draw very badly but about like this → he looks like. They are small and shy and hairy and there are lots and lots of them in the Finnish forests. The greatest differance between them and us is that a moomintroll is smoooth and likes sunshine. The ~~usual~~ common trolls popp up only when its dark.

Snufkin asserted that you arent haberniting either in England. Its quite horrid! Are you really awake the whole long black, cold winter??? Pooor children!

Now you are quickly going to let your house be snowed ~~in~~ up and iff you havent one then dig you in a snowdrift as soon as november comes. There you have it warm and fine untill Spring. But before you go to sleep you have to eat properly pineneedles and take your woolly knickers on.

My respect to your fathers and mothers from the lot of us!

I do hope you are going to like us!

And iff it isnt too much asked ~~please~~ it would be awfully fun iff you saluted the King and the QUEEEN too. Moominpappa says They Are lodging in London in a moominhouse of Gold!

MoominMamma

P.S. Please excuse my ~~rotten~~ rottn' english you see moomins go to school only as long as it amuses them.

図1－4　英語版『たのしいムーミン一家』にそえられたムーミンママ直筆の手紙。

みなさん、そちらにムーミントロールがいないなんて、ホント〔possibel〕ですか？　トロールがナンナノカ〔スウェーデン語独特の統語法〕も知らないのですか？　トロールのことは、わたしもよく知らないのですが、だいたいこんな感じです。小さくて、はずかしがりやで、毛むくじゃらで、フィンランドの森のなかには、わんさか住んでいます。かれらとわたしたちとのいちばん大きなちがいは、ムーミントロールは肌がなめらかで、太陽の光がすきだということです。~~いつもの〔usual〕~~ありきたりの〔common〕トロールは、暗くならないと姿をあらわさないのですから。

（『たのしいムーミン一家』〔英訳版〕）

英語の綴りや文法はかなりあやしい。作者ヤンソンは、わざとママに下手な英語を書かせ、下手な絵を描かせたのだ。イギリスの幼い子どもたちへのサービスだろう。と同時に、トロールのことはよく知らない、とママの口を借りて、ムーミントロールは北欧の伝統的なトロールの同類ではないのだと、さらりと告げる。ついでに学校への皮肉もこめる。「わたしのへんてこな英語をゆるしてください。ムーミンたちは愉しいと思わなければ学校には行かないのでね」。

あきらかにムーミンたちは学校を愉しいと思わなかった。『ムーミンパパの思い出』の子ども時代のムーミンパパもまた、寄宿舎みたいな「ムーミンすて子ホーム」をさっさと逃げだした。息子のムーミントロールにいたっては、学校に行った気配すらない。作者ヤンソンがはやばやと通常の学校教育に見切りをつけたように、賢明なムーミンたちも愉しくないことはやらない。なにごとも愉しくなければ、ほんとうには身につかないと知っているからだ。

『たのしいムーミン一家』の成功をうけて、ポーチはさかのぼってシリーズ第二作『ムーミン谷の彗星』（一九四六）も翻訳し、一九五一年に出版した。この本もたちまちベストセラーとなる。ムーミンの本格的な国外デビューがイギリスだったのは、おそらくヤンソンにとっては幸運だった。ヴィクトリア朝以来の児童文学とファンタジー文学のゆたかな系譜、洗練されたユーモア感覚、型にはまった道徳を説かず手放しでナンセンスを愉しむ余裕、これらの伝統に育まれた感受性が、ムーミン谷をつつみこむ「穏健なアナキズム」と波長が合ったのかもしれない。

ともあれ一九五〇年代のイギリスで、フィンランドやスウェーデンに先がけて、ムーミントロールの物語がひろく受容されたのは事実である。架空の存在であるムーミンたちにエキゾチック（だが充分にリアル）なフィンランドという国名を冠することで、イギリスの読者にとってなじみやすいものにする戦略が成功したせいなのか。あるいはまた、北欧神話に造詣の深いイギリス人作家J・R・R・トールキンの『ホビットの冒険』（一九三七）のおかげというべきか。ちなみに、『ホビットの冒険』が四半世紀後にスウェーデン語で出版されたとき、挿絵を描いたのはヤンソンである［図1－5］。

さらに、ムーミンシリーズの英訳が出はじめたころ、C・S・ルイスの「ナルニア国物語」第一作『ライオンと魔女』（一九五〇）、メアリー・ノートンの『床下の小人たち』（一九五二）、アン・フィリッパ・ピアスの『トムは真夜中の庭で』（一九五八）があいついで刊行されている。いずれもイギリスのお家芸というべきファンタジー文学の傑作だ。日常性と非日常性のはざまでゆれる空間や時間の神秘をめぐって、あるいは壮大な叙事詩的スケールで、あるいはさりげなく繊細な筆致で、ときにユーモアをたたえて生き生きと描かれる。こうした脈絡のなかで、ムーミン受容をうながす土壌が育まれてきたのだろう。

新聞連載への誘い

二冊めのムーミン物語が好評を博した翌年の一九五二年一月、ムーミン人気に眼をつけた「アソシエイティド・ペイパーズ」が、ファンタジー好きの中流趣味に後押しされるかたちで、連載漫画《コミックス》「ムーミン」の企画をたちあげた。コンツェルンを代表してサットンがヘルシンキにヤンソンを訪ねたのは、すでに述べたように、その三か月後だった。

提示された条件はこうだ。週六日発行の夕刊紙に、毎回三～四コマのエピソードを一本書く。契約は七年。この分野ではさほど業績のない作家にとって、破格の待遇といってよい。これでもう、ちまちまと雑誌に埋め草の挿絵をよせる必要も、絵心のない作家と解釈をめぐって喧嘩をする必要もなくなる。これで思うぞんぶん画業に専念できる。ヤンソンはいっぺんに人生がひらけた気がした。

会談の場所はホテルのレストランからヤンソンのアトリエに移った。ヤンソンの友人たちも合流し、みんなでそのまま夜を徹して語りあい、歌をうたい、杯をあけた。聖ヴァルプルギス前夜のうちとけた雰囲気と、半端ではない酒量も手伝ってか、以後、敏腕の実務家と新米の連載漫画家はゆるぎない信頼を培っていく。

最初の出会いから一〇年以上たった一九六三年四月、引退するサットンにむけて、ヤンソンはつぎのような手紙を送った。

図1－5　ヤンソンが表紙を描いた『ホビットの冒険』スウェーデン語版。

あなたという存在がなければ、わたしが連載漫画《コミックス》を描くことなどなかったでしょう。あの連載はわたしに多くのことを教え、わたしの人生にあらたな方向性と展望を与えてくれました。そして、経済的な心配にわずらわされることなく、心やすらかにじっくりと仕事をする可能性も与えてくれました。

サットンへの感謝は社交辞令ではない。連載の仕事は安定した収入だけでなく、創作上の新境地をきりひらく契機をも与えてくれた。この経験を通して、ムーミンシリーズにも大きな転機が訪れるからだ。

後述するように、ヤンソンは安定とひきかえに少なからぬ制約をこうむることになる。が、最初のうちは契約のもつ重みを充分には悟っていなかった。そもそも契約にあたって「アソシエイティド・ペイパーズ」が課した条件は厳しかった。

まずは物理的な面において。日刊の新聞掲載に穴はあけられない。病気やスランプなど不測の事態を想定して万全の対策をとる。したがって半年分は前もって準備しておく。約一六〇回分、すなわち一エピソードを三コマか四コマとして、全部で約六〇〇コマのストックが必要となる。しかもただ紙面を埋めれば収まる話ではない。外国の作家だから、経験の乏しい新人だからという理由だけで、すこしぐらいの未熟さになら眼をつぶるほど、イギリスの新聞読者は甘くない。

作品の質的な面においても、要求された水準は高かった。コンツェルンはヤンソンの画家としての才能を認めていた。ムーミンの魅力は文章と挿絵の相乗効果である。だからこそ新聞連載では素人同然のヤンソンに白羽の矢を立て、七年という長期契約を申しでたのだ。一九五二年一月にサットンがヤンソンに送った手紙は、コンツェルン側の関心と要求を明快に述べる。「わたしたちはあなたの近刊『ムーミン谷の彗星』につよい興味をいだきました。登場人物たちを描いた挿絵をすばらしいと思いますし、そのまわりで展開される物語にも興味をもっています」。その関心はまず挿絵にあったのだ。文章はいわば副産物にひとしい。つづけて手紙は核心にふれる。

あなたのムーミン家族は興味ぶかい連載漫画《コミックス》になるのではないかと、わたしたちは考えました。その場合、かならずしも子どもむけに描く必要はないでしょう。子どもたちがムーミン家族に夢中になるだろうことは、いうまでもなく明らかです。しかし、あの魅力あふれる生きものたちを連載漫画《コミックス》の枠に移しかえるならば、わたしたちのいわゆる「文明化された生活様式」への諷刺として使えるのではないかと思っているのです。

サットンの脳裏には、かたや「洗練された工業先進国」イギリス、かたや「トロールの住まう森と湖の純朴な国」フィンランド、という多分にロマンティックな対比もあったのかもしれない。いまでこそフィンランドは、経済的・政治的・文化的なヨーロッパ共同体を構成する一員、それも優等生の一員である。生産効率や教育水準でも世界有数の先進国だ。しかし、かつては共産圏の盟主ソヴィエト連邦と国境を接するがゆえに、自由主義圏にありながら唯一の対ソ友好協定をむすばざるをえない微妙な立場にあった。つねに緊張関係にある西と東をつなぐ要衝の地であるがゆえに、ときにはむずかしい外交を強いられてもきた。

ヨーロッパ大陸の西側に位置するイギリスからみれば、文化的にも心理的にも政治的にも、フィンランドは遠い国だった。これらさまざまな遠さのもたらす「異化」があいまって、イギリス人読者にとって、ムーミン谷はちょっと変わったユートピアの代名詞となっていく。

新聞連載のコツ

トーベ・ヤンソンが手がけたムーミンコミックスは二一話ある。一話は最長で一〇九回、最短では五一回から構成され、長さにはかなりの幅があるとしても、平均すると約七八回である。平均七八回からなる一話を、週六日で割ると一三週分、つまり一話で四季のひとつをまかなう計算になる。半年前の完成が決まりだから、春の話なら前年の秋に、夏の話なら前年の冬に描いておく。これまでも雑誌や新聞に載せる仕事は時間との競争だった。ただ今回は、比較にならないほど大きな規模の媒体《メディア》で発表するのだ。まさに時間との戦いだった。

さらに連載である以上、毎回なんらかのヤマが必要だ。読者としては、夕べのひとときに、ちょっとした笑いがほしい。だから三コマか四コマごとに、小さな起承転結を完成させねばならない。だが連載漫画《コミックス》「ムーミン」は一回完結ではない。日ごとに読者の興味をつないで、最終的にひとつの物語にまとめあげる工夫もいる。一日一日はまず読めても、全体を通して読むとつまらない話は、完成度が高いとはいえない。日ごとに小さなクライマックスと、その積みかさねである大きなクライマックスをあわせもつ、多層的な読みの可能な作品でなければならない。やさしくはない要請である。

また、肩のこらない夕刊紙だから、深刻すぎるテーマは避けねばならない。仕事帰りや夕食後に気楽に読めるものがよい。複雑すぎて考えこませるのはまずいが、幼稚すぎるのもよろしくない。品のよくないジョークもご法度だった。慢性スランプに陥っているパパがめずらしく小説のアイディアを思いつき、忘れないようにとトイレットペーパーに書きつけるエピソードは、夕食時に読むには適さないという理由で却下された。

いうまでもないが、イギリス王室をからかうのはゆるされない。なんといっても『イヴニング・ニューズ』は穏健な保守系新聞なのである。一九五三年六月にはエリザベス二世が戴冠式をおこない、巷では若き女王への期待と祝福があふれていた。外国人が気安く冗談をいえる雰囲気ではない。

たしかに「あこがれの遠い土地」のように、王や貴族を揶揄する話もなくはない。ひたすら尊大な王侯貴族だけでなく、檄をとばす革命家さえ登場する。もっともこの革命家の演説はこむずかしいだけで中身はなく、民衆のほうも革命やら団結やらには食傷気味で、いっかな革命の機運は感じられない。それでも例によってスノークの女の子は革命家にのぼせあがるが、やはり例によって最後はやっぱりムーミンがいちばんよね、で幕となる。

　王や革命家の登場にもかかわらず、タイムマシンで一八世紀のムーミン谷に戻るという設定のおかげで、編集部からの待ったはかからなかった。歴史的にみて一八世紀のフィンランドに王はいない。王はストックホルムの宮廷にいたのだから。まじめに考えると辻褄があわない。完全なナンセンスである。よって文句なく安全なテーマだった。

　ヤンソンが夕刊紙ならではのコツや要請を呑みこむには、それなりの時間と試行錯誤を要した。イギリスとフィンランドのあいだで、詳細な指示を記した手紙、それに呼応する作品の下書き《スケッチ》や粗筋《シノプシス》が頻々と交わされた。サットンの指摘は多岐におよぶ。いわく、すばやい展開のある粗筋《シノプシス》、毎回必須のクライマックス、次回へのつなぎ、これはぜったいに欠かせない。いわく、ヤンソンの繊細な描線は美しい。しかし粗悪な紙質に印刷しても生きない。よって、複雑すぎる絵柄は避け、シンプルな描線に徹すべし。

　結果は期待をも上回った。新聞連載の絵はブレのない明瞭な線で描かれている。得意だった単色淡彩《ウォッシュ》の技法はもはや使われない。微妙な色の濃淡ではなく、単純な描線で勝負する。こうして画家ヤンソンは一人前の連載漫画家になっていく。

新米漫画家のロンドン修業

手紙だけでは安心できなかったのか、「アソシエイティド・ペイパーズ」はヤンソンをロンドンに呼びよせた。実地に連載漫画《コミックス》のコツを伝授するためだ。腕利きの編集者ジュリアン・フィップスが指南役を務めた。このあたりの経緯を知るには、ポストムーミンの短篇集『人形の家』に収録された「連載漫画家」が役にたつ。この短篇がフィクションであるのは言をまたない。主人公の漫画家サミュエル・スタインと教育係フリードを、そのままトーベ・ヤンソンとフィップスにかさねるのは無理がある。それでも当時の雰囲気をうかがう一助にはなろう。

短篇は唐突に始まる。「オーリントンが筆を折ったとき、新聞社は二〇年近くも『ブラビー』でやってきているので、べつの漫画家を使ってでも、この連載を続ける以外に打つ手がなかった」と。新聞連載を中途で放りなげて逐電した連載漫画家の代役が必要らしい、しかもいますぐ使える優秀な代役が。大きな黒い瞳孔をもつ青い眼の主人公ブラビーは人気者で、ブラビー・マジパンにブラビー・キャンドル、ブラビー・カーテンにブラビー・マーガリン、人形にソックス、おむつにトレーナー、織物から鉄鋼業界にいたるまで、紙製品、ゴム製に木製、なんでもござれのキャラクター商品でもあった。

突然の連載中止は考えられない。ブラビーで食っている「関連会社」が山ほどあるのだ。だからなのか、新聞社と漫画家が交わした契約書には、漫画家が「個人的な理由で」連載を降りる場合は、作品の版権は新聞社に移ると明記されていた。ヤンソンのときと同様に。作品の生みの親が描かなくなっても、新聞社はべつの漫画家を使って連載を続けられるというわけだ。

かくてピンチヒッターに抜擢された若きスタインに、編集者フリードは新聞連載漫画《コミックス》の役割を説く。いわく、この世知辛い世の中に生きる人びとに、日々、さりげなく罪のない愉しみを与えねばならないと。

「新聞を手にする読者のことを考えてみたまえ」とフリードは続ける。「疲れているし、機嫌もよくない。すぐ仕事に行かねばならん。一面の記事をざっとみてから連載漫画を眺める。微妙なニュアンスを読みとる余裕はない。そんなのは要求できないさ。ただ好奇心はあるし、ささやかな刺戟を求め、笑いたい気持もある。一瞬でいい、愉しいものをみて、にやりとしたい。ごく自然な反応じゃないか。よー《オーケー》し、満足させてやろう。これをみんな与えてやるのさ」

（「連載漫画家」）

スタインはオーリントンが使っていた新聞社内の仕事部屋をあてがわれる。契約期間は七年だ。茶色の壁に囲まれた狭い空間に、大きな古めかしい仕事机、本棚や抽斗《ひきだし》、メモや書類がつまっている。「壁という壁は釘づけされた紙束や古い暦や広告や奇妙なポスターや告知で覆われている。だれも片づける暇がないまま、過ぎさり失われてしまった遠い昔日の趣が漂う。サミュエル・スタインはこの部屋が気に入っている。ひそかに匿われ、仕事ぐるみ守られている感じだ。由緒ある大新聞の機構の一部というのも悪くない。尊敬されている気がする」。

ヤンソンも連載が始まる半年前に、ロンドンで似たような経験をする。あてがわれたのは以前ほかの連載漫画家が使っていた部屋だ。狭くて雑然とした、しかし奇妙に居心地のよい空間で、フリードならぬフィップスと相談しながら、作品に最後の仕上げを加えたのである。部屋の主《ぬし》だった漫画家が神経をわずらって入院したことをヤンソンが知ったのは、ずっとあとの話だった。

ある日、フィップスはヤンソンにいった。「連載漫画ではささやかなできごとを語るのさ。かならずしも大雨やクロコダイルをもってくる必要はない。連載漫画なら、たとえばボタンひとつを探すのでもかまわない」。

ついに一九五四年九月、『イヴニング・ニューズ』でムーミンの連載漫画が始まった。最初のうちは朝な夕なに仕事ぶりをみにきていたフィップスも、やがて部屋に顔をださなくなった。もはや指導は不要と判断したのだ。コツとタブーを会得したヤンソンはフインランドに帰国し、新聞社の小部屋から自分のアトリエに仕事場を移した。そして七年契約の切れる一九五九年十二月三一日まで、「ムーミン」を描きつづけた。ただの一度も穴をあけることなく、そして「ブラビー」の作者オーリントンのように中途で放棄することもなく。

政治・死・性のタブー

一九五二年十月、サットンは手紙であらためて念をおした。「あたらしい連載漫画《コミックス》が読者に与える第一印象はなによりも重要なのです。読者がすぐに気に入ってくれなければ、たいへんな苦戦を強いられます。あとから読者の関心をひくことが不可能な場合もあるのですから」。この新連載はなんとしても成功させる、という意気込みが伝わってくる。そのためにも守るべき掟がある。すなわち、政治をからかわず、死をもてあそばず、性《セックス》についてはは慎重に。後年、ヤンソンはスウェーデンの日刊紙『スヴェンスカ・ダーグブラデット』によせたエッセイ（一九七九年四月一五日）でこの掟にふれて、新聞社の杞憂をやんわりと皮肉った。

わたしはイギリス政府についてはなにも知らないし、殺したといっても、せいぜいのところハリネズミ一匹である。その墓は悲しみにくれた親戚がしっかりと守っているのだが、それすら、墓石に刻まれた没年を一七〇〇年代のいつかに設定して、ようやく承諾してもらえたのだった。そして性についていえば、ムーミントロールの解剖学的見地からして、たとえ扱おうとしても困難が立ちはだかったにちがいない。

くだんのハリネズミは「家をたてよう」に登場する。ちびのミイに部屋をのっとられたムーミントロールが、それなら自分で家をたてようとはりきる話だ。まずは家の土台とする石を探すのだが、これだと思ったら里程標だったというぐあいで、なかなか適当な石がみつからない。そこでようやくみつけたのがハリネズミの先祖の墓で、墓参りにきたハリネズミを怒らせてしまう。たしかに墓石には「尊敬すべきハリネズミ、ここに眠る。一七三五年」と刻まれている。ヤンソンの記憶はまちがっていない。

ついでにいうと、なぜかヤンソン作品ではハリネズミの役どころはよくない。とくに悪さをするわけではないが、ただただつまらない生きものをさす代名詞にされる。『ムーミンパパの思い出』でも散々な扱いだ。将来の夢を熱っぽく語るムーミンパパに、「あ、そう」とか「ふーん」とかしか答えない。想像力のありあまるパパにいわせると、悲しいまでに想像力に欠けている。からだ全体を覆う針が他者をはねつける頑なさを連想させるせいか、あけっぴろげで無防備なムーミンたちの対極にあるらしい。

ムーミントロールに性《セツクス》の問題がなじまないのは事実だが、まったく色気がないかというと、案外そうでもない。じっさい、おとなの読者を意識したコミックスでは、児童文学のムーミンシリーズ以上に、スノークの女の子やミムラが「女の子っぽく」描かれる。ヤンソンによると「ミムラ」という語そのものが、スウェーデン語系の芸術家仲間では「惚れっぽい」を意味する隠語である。まさに名は体をあらわす。ミイの母親のミムラママは自分でも数えきれないほどの子沢山である。そしてミイの姉のミムラは、恋するおとめの務めとして、やはり惚れっぽいスノークの女の子と恋の鞘当《さやあて》を演じる。「ミムラ」とは豊饒と恋愛の女神のパロディなのだ。

あからさまな性《セツクス》の話はタブーでも、上品な色気ならゆるされる、あるいはむしろ望ましいということか。児童文学のムーミンシリーズでは、ムーミントロールとスノークの女の子は気のあう友だちにすぎないのに、コミックスではより親密な間柄、つまり公認のカップルとして描かれるのも、罪のないロマンスを描く必要から生まれたのだろう。もっとも、より積極的に「恋人ごっこ」に興じるのはスノークの女の子のほうで、ムーミントロールはいささか腰がひけているというのも、いつも変わらないパターンではある。

ジェンダー化されたムーミン

ところで、あのあけっぴろげな体型は、これでもかというほど無性《ジエンダーレス》的である。ムーミントロールの種族には、セックスだけでなくジェンダーも存在しないのだ。TVアニメではわかりやすくするためか、ムーミンパパ、ムーミンママ、ムーミントロールはそれぞれ微妙に色がちがう。しかし児童文学のムーミンシリーズでは三人とも白い。肌の色も体型もサイズもほとんど変わらない。ジェンダーフリーがこの家族の特徴のひとつといえよう。

ムーミンシリーズ第一作『小さなトロールと大きな洪水』（一九四五）から第四作『ムーミンパパの思い出』（一九五〇）まで、ママの「持ち物」はただひとつ、ハンドバッグだけだ。ハンドバッグは文章でも挿絵でもふれられている。ところがエプロンはどの挿絵でも描かれていない。絵本『それからどうなるの？』（一九五二）のママもエプロンはしていない［図1-6］。これらの作品の刊行がすべて一九五四年の連載開始より前なのは偶然ではない。なぜなら連載開始と時期がかさなる第五作『ムーミン谷の夏まつり』（一九五四）では、まだママの造型が定着していないのか、エプロンをしているママと、エプロンをしていないママの絵が混在しているからだ。

一方、ムーミンパパも『ムーミンパパの思い出』まではシルクハットをかぶっていない。親子三人が入り乱れる場面などでは、だれがだれだかわからない、という事態も生じる。『たのしいムーミン一家』（一九四八）の最後のパーティのシーンでは、パパとムーミントロールの区別はつかない。着座位置や文章の描写から、椅子の上に立って乾杯

図1-6　絵本『それからどうなるの?』のママ。まだエプロンはない。　→

図1-7　『たのしいムーミン一家』の挿絵（部分）。ムーミンとムーミンパパの区別はつかない。↓

の音頭をとっているのがパパで、ママのそばに寄りそっているのがムーミントロールだと、かろうじてわかる。さすがにママだけはハンドバッグで区別がつく〔図1－7〕。

小説には文章があるので、挿絵が多少わかりにくくても、大筋にさほど大きな支障をきたさない。これが文字数のかぎられた連載漫画《コミックス》では問題になる、とサットンは考えた。だれがだれだか判然とせず、読者が混乱する。とすれば、視覚的にわかりやすい区別を設けるべきではないのか。サットンは一九五二年の秋にこんな提案をした。

絵はすばらしい。ひとつだけ助言を与えることができるとすれば、ムーミンママをもうすこし明確に押しだせないかということです。ハンドバッグだけでは不充分な気がします。たとえばエプロンかなにかを着用させるのも一考でしょう。そうすればムーミンママを、シルクハットを小粋にかぶったムーミンパパや、心おどるアダムの衣装をまとった〔すっぱだかの〕ムーミントロールと区別するのが、これまでよりも容易になるでしょう。

以後、活躍の舞台が児童文学に移っても、パパはシルクハットを、ママはエプロンを身につけつづけた。児童文学では求められなかったムーミン家族の視覚的ジェンダー化は、わかりやすさを重視するコミックスの必要性から生まれたのだった。

このジェンダー化は強烈なインパクトをもたらした。ムーミンの「あたらしい顔」の誕生である。ジェンダー的属性を身につけたコミックスのパパとママは、児童文学のムーミンシリーズ前半のパパとママとは異なる「顔」をみせるのだが、このあたらしい「顔」がその後は逆に、児童文学におけるパパとママの「顔」となっていく。こうしてムーミンは、インターテクスチュアルな変貌をとげるというわけだ。

ムーミン、世界へとびだす

ヤンソン自身が手がけたムーミンものは、児童文学、絵本、連載漫画《コミックス》とじつに幅広い。しかし、ヤンソンの母国フィンランドをふくむヨーロッパで、ムーミンがおとなから子どもにまでひろく認知されるにいたったのは、まずは新聞連載のコミックス「ムーミン」のおかげである。ともすればコミックスのムーミンのほうが、児童文学のムーミンより知名度は高い。すべての子どもが児童文学を読んで育つとはかぎらないが、ほとんどのおとなは新聞を読むからだ。異論はあるにせよ、フィンランドの高名な批評家ヨラン・シルツは『スヴェンスカ・ダーグブラデット』の記事（一九五六年十二月三一日）で、コミックス版「ムーミン」の独創性と、新聞連載漫《コミックス》画を芸術にまで高めた作者の才能を讃えた。

悲しいことにこれ〔連載漫画〕ほど芸術家たちから無視されている芸術形態があるだろうか。新聞連載漫画は、技術的・心理的にあらたな要請《チャレンジ》を生みだしたのであり、それゆえにおそらく現代のもっとも純粋な民衆芸術だというのに。新聞連載漫画はみごとなまでの職人的伎倆で民衆の欲求に応えてきた。にもかかわらず、創造的な芸術家にふさわしい媒体として活用されたことは、いまだかつてなかった。このことをわれわれが理解するには、トーベ・ヤンソンという芸術家が必要だった。

『イヴニング・ニューズ』はムーミン・コミックスを、一九五四年から七五年まで、じつに二〇年以上連載しつづけた。が、掲載紙はそれだけにとどまらない。一九五四年九月、ロンドン・デビューのほぼ半年後、スウェーデンの『スヴェンスカ・ダーグブラデット』、デンマークの『ポリティケン』、そしてフィンランドの『イルターサノマット』が連載を始めた。これで英語、スウェーデン語、デンマーク語、フィンランド語の四か国語で読めるようになったわけだ。

やがて「ムーミン」は、ノルウェー、オランダ、ドイツ、イタリア、アイルランド、ユーゴスラヴィア、さらには南アフリカ、ギニア、トルコ、ウガンダ、インドなどの英語圏へも活躍の場を広げていく。最盛期には、およそ四〇の国と地域で一二〇紙に掲載され、毎日二千万人の読者の眼にふれた。一九六二年十一月には、イギリスの有名な諷刺雑誌『パンチ』から、「ロンドンで発行された新聞の連載漫画《コミックス》のなかで最高なのはムーミントロール」というお墨付きを得た。

フィンランド発の連載漫画《コミックス》でこれほど世界的にひろく認知された作品は、後にも先にもない。いまでもフィンランドにかぎらず北欧諸国の諸新聞は、すでに古典となった「ムーミン」をくり返し掲載しつづけている。もはや「ムーミン」は北欧の新聞の顔なのだ。やや理解しがたいのは、ヘルシンキ（すなわちフィンランド）最大のスウェーデン語新聞『ヒュフヴドスタドブラデット』が、じつに二〇〇〇年になってようやく連載を始めたことだ。フィンランドの他紙が半世紀近く前に連載にふみきったことを考えると、なぜいまごろになってという気もするが、むしろ現在でも違和感なく愉しめる「ムーミン」の完成度をあらわす証左ともいえよう。

ひるがえって北米での受容はいまひとつだった。イギリスとおなじく英語圏であるのに。連載開始から三年たった一九五七年になってようやく、カナダの『トロント・デイリー』とその他の二、三の地方紙が掲載に同意した。アメリカにいたっては、数多ある地方紙のなかで唯一『パサディナ・インディペンデント』だけが関心を示した。もっとも児童文学のほうも、北米では控えめな評価しか得られなかったことを考えると、アメリカでの「不遇」も当然といえば当然かもしれない。ヤンソンが得意とする「計算されたナイーヴさ」は一般のアメリカ人にはうけなかった。スヌーピーやミッキーなど国産ヒーローで間に合っているとばかり、異国に娯楽を求める必要を感じなかったのかもしれない。

文化産業としてのコミックスやアニメーションでは、過去においても現在においても未来においても、アメリカは輸出国であって輸入国であってはならない、という自負もあっただろう。いまもこの自負はゆるがない。宮崎アニメの『となりのトトロ』（一九八八）や『魔女の宅急便』（一九八九）がヨーロッパでは評価が高いのに、アメリカではいまひとつ一般うけしない事実とも関係があるのだろうか。宮崎アニメがアメリカの映画館を満員にするには『千と千尋の神隠し』（二〇〇一）の公開を待たねばならなかったのだ。

ストックホルムで日本映画や「マンガ」（コミックスでもバンドデシネでもない）の紹介を手がける知人のスウェーデン人は、宮崎アニメのなかでは『となりのトトロ』がいちばん好きだという。「トトロ」は「トロール」に由来するとか、『魔女の宅急便』の少女が移りすむ街はストックホルムとロンドンのミックスだとか、さまざまに憶測やら証言やらが飛びかうが、それなりに説得力がある。たしかに、神話や民間伝承やファンタジー文学に題をとって独自の世界をつくりあげる宮崎アニメは、いかにもヨーロッパ的な精神性を感じさせる。

ムーミン、故郷にかえる

母国フィンランドにおけるヤンソンとムーミントロールの認知もまた、コミックス版「ムーミン」に多くを負っている。

「ムーミン」がロンドン・デビューをはたした一九五四年、ヘルシンキとストックホルムでは、すでに五冊のムーミンシリーズと一冊の絵本がスウェーデン語で出版されていた。『小さなトロールと大きな洪水』(一九四五)、『ムーミン谷の彗星』(一九四六)、『たのしいムーミン一家』(一九四八)、『ムーミンパパの思い出』(一九五〇)、『ムーミン谷の夏まつり』(一九五四)、そして絵本『それからどうなるの?』(一九五二)である。

児童文学のムーミンシリーズはスウェーデン語で書かれているため、スウェーデン語が使われる環境では、画家であり作家でもあるトーベ・ヤンソンの名は、すこしずつ浸透しつつあったのだ(フィンランドにはフィンランド語とスウェーデン語のふたつの公用語がある)。にもかかわらず、フィンランド語には一冊も翻訳されていなかった。あいかわらず大半のフィンランド人にとって、ヤンソンはほとんど無名の存在だった。

ところが連載漫画《コミックス》「ムーミン」が、ロンドンをはじめ世界じゅうで愛読されるにいたって、事態は一変する。一九五五年、先に述べたフィンランド語新聞『イルターサノマット』が「ムーミン」の連載を始めた。五万六千をこえる講読部数の『イルターサノマット』に載るということは、ざっと二〇万人のフィンランド人が読むということだ。

一種の逆輸入効果で、たちまちムーミントロール（フィンランド語で「ムウミペイッコ」）は母国でも人気者となる。第一作『小さなトロールと大きな洪水』をのぞき、既刊の四冊のムーミンシリーズがつぎつぎにフィンランド語に訳された。フィンランド人の多くがフィンランド出身のムーミントロールに出会うには、ムーミントロールが子どもむけの文学の枠をこえて、新聞連載漫画《コミックス》の主人公ムーミンになるのを待たねばならなかったわけだ。

一九五六年、『ムーミン谷の彗星』のフィンランド語版（直訳は『ムウミペイッコとしっぽのある星』）が刊行されたとき、第一刷の部数は三千部だった。人口五二〇万余のフィンランドで、この部数はけっして少なくない。いまでも小説では二千から三千部、詩集では八百から千部でまずまずの売れゆきなのだ。フィンランド人の名誉のためにつけ加えると、フィンランド人が本を読まないのではない。むしろ本好きな国民といってよい。ただし基本的に本は図書館で読む。本が高価なせいもあるが、図書館が使いやすいせいもある。一般市民の図書館利用率は、他の北欧諸国もそうだが、世界でも上位に入る。かわりに著作者を保護するために、図書館での貸出率に応じて著作者に使用料が支払われる。このような事情をかんがみるに、六〇年もの歳月をかけてフィンランド国内だけで六五万部も売れた児童文学のムーミンシリーズ（全九巻）は、フィンランドとしては想像を絶する息の長いベストセラーなのだ。

いうまでもなくムーミンの魅力は、文と絵の両方があいまって生みだす相互作用にある。ヤンソン作品の魅力は文と絵の「ダブルテクスト性」にあるといってもよい。さすがにヤンソンは画家である。みごとに絵でも語ってみせるのだ。視覚にうったえるこの特質は、作者にとってはまったく思いもかけないかたちで、遠い異国の日本でひとつの実をむすぶことになる。

2 日本の「ムーミン」 児童文学からアニメへ

ムーミン、日本にあらわる

日本とムーミンの縁は深くて長い。ムーミンをいまだにカバだと思っている人でさえ、「ねえ、ムーミン、こっちむいて」のメロディを知っている。ムーミン関連のキャラクター商品の売り上げは、おそらく世界一だろう。のみならず、本国フィンランドでひっぱりだこのキャラクター商品が、じつは日本製だったりする。文房具や小物なども出来がよいので人気があるらしい。

もちろんフィンランドをはじめとする北欧諸国でも、ムーミンはよく知られている。ムーミンシリーズはすでに児童文学の古典である。ムーミンの物語を読んだことのない子どもは、おそらくいない。それでもやはり、日本でのムーミン人気は理解をこえるらしい。北欧とは縁のなさそうな東洋の島国でなぜ、という疑問はわからなくもない。だが、いまだに気のきいた応答はできずにいる。

しいていえば、ヨーロッパとはかなり異なる受容の経緯だろうか。すくなくとも北欧をはじめとするヨーロッパ文化圏では、ムーミン人気はまず夕刊紙の連載漫画《コミックス》から火がつき、スヌーピーやチャーリー・ブラウンが活躍する『ピーナッツ』（一九五〇～）に勝るとも劣らない人気を誇った。その結果として、児童文学のムーミンも認知を得ることになる。つまり、先におとなの読者を対象にしたコミックスが評価され、後追い的に児童文学のムーミンが評価されたといってもよい。

ひるがえって日本では、児童文学としてのムーミン受容が先である。コミックスではなくまずは児童文学から人気に火がついたのだった。コミックスが先行したヨーロッパでの受容とは順序が逆である。

一九六六年、トーベ・ヤンソンは児童文学のノーベル文学賞と称される国際アンデルセン賞を受賞する。一躍、児童文学作家ヤンソンの知名度は世界的水準にひきあげられた。この受賞が追い風になったのか、一九六九年の時点ではすでに全七巻の「トーベ＝ヤンソン全集」が刊行されていた。『たのしいムーミン一家』『ムーミンパパの思い出』『ムーミン谷の夏まつり』『ムーミン谷の冬』『ムーミン谷の仲間たち』『ムーミンパパ海へいく』『ムーミン谷の彗星』という巻数順で。

第一作『小さなトロールと大きな洪水』（一九四五、邦訳初版は一九九二）と最終作『ムーミン谷の十一月』（一九七〇、邦訳初版は一九七二）は収録されていない。未刊行の最終作に邦訳がないのは当然としても、第一作はなぜ収録されなかったのか。これには第一作のおかれた特殊な事情がある。無名に近い作家の著作ということで、ヤンソンの母国フィンランドでごく少部数だけ印刷されたうえ、通常の書店ルートではなく、主としてヘルシンキとストックホルムの駅キオスクで売られた。終戦直後の粗悪な紙質に加え、薄っぺらな表紙をいれても四八頁という体裁で、書籍というより雑誌扱いであった。

こうした刊行時の事情もあって、児童文学のムーミン第一作が一般の読者の眼にふれる機会は北欧でもかぎられていた。「幻のムーミン」として蔵書マニア垂涎の的だった『小さなトロールと大きな洪水』が、フィンランドとスウェーデンで復刊されたのは、初版から四六年後の一九九一年だ。物語じたいはその後の作品群と比べるとやや単調かもしれないが、美しい淡彩《ウォッシュ》をまじえた挿絵はシリーズのなかでも秀逸である。

いずれにせよ、北欧からやってきた児童文学のムーミンは、たちまち日本の読者の心をとらえた。人間なのか動物なのかわからないムーミンたちや、モッラ（モラン）やニョロニョロのように正体さえはっきりしない生きものにいたるまで、一風変わったキャラクターたちは魅力的だ。とりわけ作者自身による挿絵がみごとに文章と補いあって、読者の想像力をおおいに刺戟しただろうことは予想がつく。

児童文学にとって挿絵は重要だ。挿絵が合っていないと魅力が半減するとさえいえる。たとえばヴィクトリア時代の児童文学の黄金期には、文と絵の相補性または二重テクス

図2-1　シェパードが表紙を描いた『くまのプーさん』。

ト性をそなえた傑作がつぎつぎと生みだされた。有名なところでは、二冊のアリス物語（一八六五、七二）をはじめ、くまのプーさん物語や詩集（一九二四〜二八）、初期のメアリー・ポピンズ主要四部作（一九三四〜五二）などがあげられる。

　ジョン・テニエルの描いたアリス、E・H・シェパードの描いたプー［図2-1］、あるいはメアリー・シェパード（E・H・シェパードの娘）の描いた初期のメアリー・ポピンズの挿絵は、作家と画家との緻密な話しあいをつうじて、当初から作品の有機的な一部を構成しており、その後の作品のイメージを決定づけた。これらの作品の場合、物語じたいの魅力とあいまって、印象的な挿絵が演じた役割はけっして小さくない。物語と挿絵の連繋がうまくいった作品において、両者をきりはなして考えることはまず不可能だろう。

　さいわい作家と画家をかねるヤンソンの作品では、物語と挿絵の連繋はこれ以上ないほど緊密であり、互いの魅力を最大限にひきだしあう。日本におけるムーミン人気の理由もそのあたりにあるのではないか。

ムーミンコミックス、そしてアニメ

日本では児童文学全集刊行に続いて、翌一九七〇年、全一〇巻の「ムーミンまんがシリーズ」の邦訳が出版された。ムーミンコミックスの日本デビューである。しかし、この「まんがシリーズ」は日本でもそれなりの反響を得たものの、ヨーロッパを席巻したときほどの強烈なインパクトは与えなかったようだ。

当時の日本では、少年漫画の主な舞台が月刊誌から週刊誌へと移り、と同時に、スポーツや戦闘場面などの激しい動きやめまぐるしい変化で読者をひきつける漫画、いわゆる劇画が全盛期を迎えている。ディズニーアニメやアメリカンヒーロー・コミックスの刺戟をうけ、さらに独自の発展をとげていった日本の漫画は、いっそうリアルでスピーディな動きを完成させつつあったのだ。劇画の加速感あふれるテンポになれた読者が、のんびりとオフビートなムーミンコミックスを物足りなく感じたとしてもふしぎはない。

一方、ヨーロピアン・コミックスあるいはフランス風の漫画《バンドデシネ》では、アメリカン・コミックスのスピード感のある動きやスラップスティック・ギャグよりは、さりげないユーモアやパロディが重視される。したがって、ひと口にヒーローが活躍する冒険コミックスといっても、アメリカの『スーパーマン』（一九三八〜）や『スパイダーマン』（一九六二〜）と、ヨーロッパの漫画《バンドデシネ》、たとえばベルギーの『タンタン』（一九二九〜）やフランスの『アステリックス』（一九五九〜）とでは、内容も絵柄もまったく異なる。

ムーミンコミックスはあきらかに後者のタイプだ。ヨーロッパでも人気のあるコミックス版の『ドナルドダック』（一九三四〜）と比べても、スピード感をあらわす動線や記号がはるかに少ない。多くの日本人がイメージする漫画というよりは、白黒《モノクローム》の絵本に近いといえるかもしれない。すでに述べたように、一九七〇年代の日本は劇画カルチャーの全盛期だった。コミックスとしてのムーミンがすんなり根づく環境ではなかったといえるだろう。

しかし、日本のムーミン受容はヨーロッパにはない展開をみせる。じつは児童文学としてのムーミンとコミックスとしてのムーミンという「ふたつの顔」のほかに、一九六九年、いわば「第三の顔」がデビューしている。世界初のテレビアニメ「ムーミン」（「旧ムーミン」とも呼ばれる）が、主題の選択、作画から筋書、主題歌の作詞・作曲にいたるまで、すべて日本人スタッフの手で制作・放映されたのだった。

ムーミンが児童文学で得たファンの層と数は、このテレビアニメ「ムーミン」によって一挙にひろがった。子どものときに児童文学のムーミンを読んでいて、アニメのおかげでますますムーミンの世界に入りこんでいった人もいれば、逆に、アニメの視聴者から児童文学の読者になった人もいただろう。いずれにせよ、日本でのムーミン受容はテレビアニメの影響をぬきにしては語れない。冒頭でふれたムーミングッズの愛好者の多くは、原作の挿絵のムーミンとアニメのムーミンの両方を抵抗なくうけいれている。最初にテレビアニメをとおしてムーミンに親しむようになった世代には、むしろ原作の「あまりかわいくない」ムーミントロールのほうに違和感をおぼえる人もいるだろう。

一九六九年、テレビアニメ「ムーミン」が放映されたとき、時代はスポーツ根性漫画（いわゆる「スポ根」）の全盛期だった。一九六八年春、少年漫画雑誌での絶大な支持をうけて、テレビアニメ「巨人の星」が放映された。驚異的な視聴率に励まされて、つぎつぎに類似の番組が制作・放映された。「あしたのジョー」「アタックNo.1」「タイガーマスク」などだ。愛するのも憎むのも悩むのも衝突するのもドラマティックなら、結末もありえないくらいドラマティックだ。雑誌連載の漫画を、個々の漫画家のアシスタント数をはるかに上回る大量のスタッフを使い、無数のコマを人海戦術でくりだし、スケールとスピードをさらに加速させて、ブラウン管に写しだす。俊敏な動きが売りのスポ根とアニメの相性はよいのである。

そんな汗くさく熱っぽい時代の風潮に逆らうように「ムーミン」が登場した。あの主題歌からして脱力感がただよう。しかも全国ネット局の日曜日七時半、「カルピスまんが劇場」第一弾である。当時としては最高の枠が準備された。これはちょっとした冒険だった。雑誌の連載漫画を原作とするアニメではなく、児童文学作品を原作とするアニメを日曜ゴールデンタイムにもってきたのだ。しかしアニメ「ムーミン」にはお手本があった。ヤンソン自身による連載漫画《コミックス》の「ムーミン」である。このコミックスこそ児童文学とテレビアニメをつなぐ媒体《メディア》だったといえよう。

こうして世界名作アニメというジャンルが生まれる。テレビで放映される世界名作アニメというジャンルの確立は、もしかすると日本固有の現象かもしれない。日本人ならだれでも知っている『フランダースの犬』や『ハイジ』は欧米ではそれほど知られていない。欧米と日本とで認知の様態や度合にかなりの差があるとすれば、理由の一端はテレビアニメの影響に求められるのかもしれない。

日本のムーミン――第一のアニメシリーズ

「ムーミン」は期待にたがわず、一五か月かけて六五話が放映され、大ヒットを記録した。同時代のアニメと比べて「なんだか暗い」と子ども心に衝撃をうけたこのシリーズが、おとなになったいまもいちばん好きだという根強いファンは少なくない。以後、「カルピスまんが劇場」は「アンデルセン物語」、「新ムーミン」（全五二話、最初の「ムーミン」の続篇）、「山ねずみロッキーチャック」、「アルプスの少女ハイジ」、「フランダースの犬」と名作をつぎつぎと送りだし、日曜の夕方は親子そろって世界名作アニメという流れを定着させた。闘志むきだしのスポ根には眉をひそめた親も、児童文学を下敷きにした「品のよい」アニメなら、安心して子どもにみせられると思ったのだろう。

名作アニメの新ジャンルを拓いた「旧ムーミン」や続篇「新ムーミン」ではあるが、

スポ根アニメになじんだ視聴者を意識した(?)工夫もみられる。元来さほど激しい動きは期待できない作風なのだが、ムーミンたちが歩くときに「きゅっきゅっ」あるいは「ぴこぴこ」と音をたてさせ、飛んだり腕をふったりの所作に擬音を合わせる。「旧ムーミン」の途中、第二七話（一九七〇年四月）から東京ムービーに替わって虫プロが制作にたずさわるが、制作会社の変更が影響したのかもしれない。おなじく虫プロが手がけた『鉄腕アトム』でも同様の手法がみられるからだ。漫画の動線や記号の聴覚化とみてもよい。

「旧ムーミン」（一九六九年十月〜七〇年十二月放映）と続篇「新ムーミン」（一九七二年一月〜十二月放映）は、日本に幅広いファンを獲得した。このふたつのテレビアニメ（以後「第一のアニメシリーズ」）こそが、児童文学とムーミンコミックスでは得られなかった層にまで、ムーミンの存在を知らしめたといえるだろう。

しかし、原作者であるヤンソンはこの「ムーミン」を評価しなかった。原作のイメージとはちがいすぎるとの理由だった。東京ムービーから虫プロへの変更も、ヤンソンの抗議があったからだ。虫プロ制作の第一作「顔をなくしたニンニ」（第二七話）は『ムーミン谷の仲間たち』所収の短篇「目に見えない子」を忠実に反映しており、内容的にも視覚的にも原作に近づこうとする制作サイドの努力がみられる。ところが皮肉なことに、原作にそった虫プロ作品よりも、東京ムービーの「らしくないムーミン」のほうが好きだという日本のアニメファンも少なくない。

逆にいえば、最初の日本製アニメ「ムーミン」にたいするヤンソンの違和感は、あたりまえの反応だったかもしれない。東京ムービーのスタッフは、むしろ確信犯的に、あえて原作と距離をおいて制作したからだ。原作のファンタジー性を抑えて、ときとしてかなり明確な社会諷刺をもりこもうとした、といってよい。制作された時期も影響しただろう。当時は世界じゅうで、パリの学生と労働者連合による五月闘争、泥沼化するヴェトナム戦争、フラワームーブメント、日本の東大紛争など、社会の現状に否をつきつける若者たちの熱気がうずまいていた。日本の制作スタッフは、意識的にせよ無意識的にせよ、架空の生きものであるムーミンたちに現状へのアンチテーゼ役を託したのかもしれない。その意味で、「旧ムーミン」も「新ムーミン」もすぐれて「日本的」かつ「時代的」な刻印をおびていた。そもそも原作との相違を否定的に考える必要はない。作者が異なる以上、それぞれの作品が異なるのはむしろ当然だ。

好きか嫌いかはともかく、第一のアニメシリーズは日本のムーミン受容史にとって不可欠なファクターである。おそらく多くの日本人にとって、ムーミンとの最初の出会いは、児童文学でもなくコミックスでもなく、キャラクターがブラウン管上を自在に動きまわるアニメーションだったからだ。あざやかな配色とダイナミックな動きで視聴覚に直接うったえるアニメーションが、他のより静的《スタティック》な媒体《メディア》以上に強烈な印象を与えたとしても、なんらふしぎではない。

日本の人気者スナフキン

「ムーミン」は名作アニメではあるが「ほのぼの系」ではない。いわゆる勧善懲悪的な予定調和もなければ、偉そうなだれかが教訓を垂れることもない。だから子どもも、のびのびと安心してみていられた。加えてテレビアニメという媒体《メディア》のせいなのか、主人公のムーミントロールは原作よりも活発な性格を与えられた。物語をドラマティックに展開させるために、ときにはスポ根なみの衝突も怖れない。物語にとっての狂言回し役を演じる必要性もあって、ときに整合性に欠ける言動に走ってしまうふつうの子どもである。そのせいか、主人公とはいっても人気を独占するにいたらなかった。

キャラクター設定がいまひとつ明確でない主人公にかわって、ミイやスノークがはっきりと敵役《かたきやく》を演じて、物語にメリハリをもたらした。ミイはいじわるなトラブルメーカー、スノークは自信過剰のいやみなエリートとして。どこにでもいそうな子どものパロディだが、あまり魅力的なキャラクターとはいえない。口は悪いが憎めない、どこまでもマイペースをつらぬく、原作のミイが好きな視聴者は、たんなるいじめっ子みたいなミイの言動に驚いたにちがいない。

かわりにスナフキンが人気を一身に集めた。ひょうひょうとして、ニヒルな顔つきで、原作のハーモニカをギターにもち替えて、まさしく旅する吟遊詩人をイメージさせた。その詩情あふれる立ち姿は、一九六〇年代から七〇年代にかけて、ギターをかかえて歌っていたスコットランド出身のシンガーソングライター、ドノヴァンを連想させる。あるいは、すこし翳りのあるところは、夕陽を背に去っていくマカロニ・ウエスタンのガンマンに似ていなくもない。いずれにせよ、どちらかというとずんぐりむっくり型の他のキャラクターのなかで、あきらかに異彩を放っていた。

ふだんは多くを語らないが、いざというときには的確な助言を惜しまない。格好いいスナフキン語録ができるほど。しかも説教くさくない。だれもがスナフキンにあこがれた。子どもたちは、あれこれ指図しないが頼りがいのある兄貴分として。おとなたちは、旅する自由人スナフキンに願望を投影した。自身がなりたい理想として、あるいは理想の恋人として。こうしてスナフキンは完全に主役を食ってしまう。人気投票をするとかならず一位である。それはテレビアニメのファンにかぎらない。児童文学の愛読者アンケートでも日本では断然トップなのだ。

もちろんフィンランドや他の北欧諸国でも人気はあるが、他を寄せつけないというほどではない。ヨーロッパでのスナフキンは、主人公のムーミントロール、または名脇役のミイやムーミンママ、あるいは奇妙な生きもののニョロニョロやモッラと、仲よく人気を分けあっている。

ヤンソンのムーミン――第二のアニメシリーズ

第一のアニメシリーズ（「旧ムーミン」と「新ムーミン」）は、先にあげたさまざまな理由で原作者ヤンソンの心からの賛同は得られなかった。あざやかな色彩につつまれて「喋って動く」ムーミンが、母国フィンランドをはじめ、さまざまな国や地域の視聴者のもとにとどくには、最初の試みから二〇年以上の年月を必要としたのだった。一九八〇年代後半、こんどはスウェーデン語系フィンランド人のプロデューサーのもと、新作アニメを作るべく、フィンランド、オランダ、日本のスタッフが共同制作にあたった。ただしアニメーション制作は、世界最高の水準を誇る日本人スタッフが手がけた。このため日本の内でも外でも多くの人が、第二のアニメシリーズ「楽しいムーミン一家」（七九話以降は「楽しいムーミン一家・冒険日記」）もまた、第一のアニメシリーズとおなじく純然たる「日本製アニメ」だと思っている。

ともあれ、まずは五二話（一年分）が、一九九〇年四月からテレビ東京で放映された。高視聴率をうけて、さらに二六話（半年分）ずつが二回、第二のアニメシリーズ（昭和に制作された「旧ムーミン」と「新ムーミン」と対比させて「平成ムーミン」とも呼ばれる）として全一〇四話がテレビ放映された。

前回の経験があったせいか、ヤンソンは再度のアニメーション化をなかなか承諾しなかった。最終的には制作スタッフの熱意にほだされて同意する。だが、キャラクターデザインと粗筋《シノプシス》の両方で注文をつけた。まずは東京ムービー作「旧ムーミン」のように、銃をぶっ放したり、ムーミン谷に車を走らせたり、列車強盗や酒をめぐるエピソードを扱ったり、などは論外である。さらに、ムーミンパパがパイプを手にするのはいいが吸うのはだめとか、白樺の樹皮をはいだり動物の生命を奪ったりと、いたずらに自然をそこなうのはだめとか、指示は詳細かつ具体的な点におよんだ。子どもむけ作品では喫煙や自然破壊をまねく仕草が禁止される北欧では、あたりまえの配慮だったのだが、日本側のスタッフにはあらずもがなの制約と感じられたかもしれない。そのうえ、エピソードの英訳版や試作のセル画をヤンソンに郵送して、同意をとりつけなければならなかった。

ひとりの画家が描く挿絵と、多くの作画スタッフが共同で作業をするアニメーションでは、いうまでもなく同じものは作れない。原画の雰囲気をできるだけ尊重しつつ、しかも共同制作にもなじむスタイルを求めて、アニメーション制作スタッフはずいぶん苦労をしたらしい。そのうえ、それでも、原作の雰囲気をそこなわないという条件で、日本のスタッフが提示したあたらしいキャラクターも認められた。魔女のクラリッサとその孫娘アリサ、児童文学のムーミンではあえて描かれなかった氷の女王（氷姫）のように。

アニメのムーミン、日本から世界へ

日本で一九九〇～九二年に放映された第二のアニメシリーズ「楽しいムーミン一家」と「楽しいムーミン一家・冒険日記」(「平成ムーミン」)は、翌年以降、フィンランドや北欧諸国はもちろん、世界じゅうの国や地域で公開された。フィンランドでは週に二度、テレビ画面にムーミンがあらわれた。一度はフィンランド語で、もう一度はスウェーデン語で。アニメーションの魅力は動きと色彩である。挿絵が示唆的であるとすれば、アニメーションはより叙述的である。嵐の海でボートと格闘するパパの姿も、夏至祭のイヴにニョロニョロが生えでるようすも、大量のセル画をくりだすアニメーションなら一目瞭然である。

ながらく児童文学やコミックスのムーミンに親しんできたフィンランドやスウェーデンでも、このアニメが与えた衝撃は大きかった。放映と同時に、ムーミン・ルネサンスとでもいうべき現象が生じた。フィンランドの銀行が景品にムーミン貯金箱を作ると、たちまち品切れになった。フィンランドの陶器会社アラビアでは以前からムーミンを作っていたが、アニメ放映による人気再燃をうけて、マグカップからミルクピッチャー、イヤープレートや時計まで、ムーミンものは定番となった。郵便局では周期的にあたらしいムーミン切手が売りだされ、あらゆる種類のムーミングッズが巷にあふれている[図2－2]。すでに確立していたムーミン人気にあらたな勢いを注入したのは、まぎれもなく第二のアニメシリーズ「平成ムーミン」であった。

「平成ムーミン」がフィンランドに上陸した直後、フィンランド人の文芸評論家スヴィ・アホラは、自身のムーミン体験と自分の子どもたちのムーミン体験の差にショックをうけた、と書いた(「ふたつの海」『月刊MOE』一九九四年六月号への寄稿記事)。一九六〇年代に子ども時代をすごしたアホラにとって、本の挿絵もテレビもコミックスもほとんどがモノクロームだった。だから、「ムーミンの物語を読むと、水浴びや釣りをした子どものころの日々が思いだされ、あの灰色のなめらかな岩が眼に浮かんでくる」という。ところが、「わたしの子どもたちは、まず、テレビアニメでムーミン体験をした。青と白の波が立ち、黄金の魚が泳ぐ海。これがなによりのお気に入りだが、わたしにはどうしても日本の版画にある海としか思えない」。

アホラの幼い子どもたちは、日本人の多くの子どもたちとおなじく、読み書きができるようになる前にアニメのムーミンに出会った。その後、すこし大きくなると、ムーミンの本を読みきかせようとした彼女を驚かせた。ムーミンの挿絵をのぞきこんで、子どもたちはこういったのだ。「どうして白黒なの? テレビだとカラーなのに」。基本的には同じムーミンであっても、あきらかに媒体《メディア》によって体験のしかたがちがう。最初は少々がっかりしたアホラだが、つぎのように記事をしめくくった。「ひとつはしずかなモノクロームの海、もうひとつはあざやかな色彩と陰影の海。このふたつの海は、世界

図2-2　ムーミン陶器（アラビア社製）と、ムーミンの切手など。

がどれほど変わったかを示している。また、わたしたちがそれぞれ自分たちの流儀で、どれほどムーミンを愛しているかということも」。

ムーミン受容のかたちは、まさに人さまざま、時代や地域によっても異なる。最初にどの媒体《メディア》をつうじてムーミンに出会うかで、一定の方向づけが与えられる。とはいえ、そこからさらに歩を進める人も多い。児童文学からコミックスへ、テレビアニメから児童文学へ、あるいはコミックスからテレビアニメへ。アホラがいうように、それぞれの流儀でムーミンとかかわればよいのだろう。

ムーミンの魅力とヤンソン

数多くの油絵、フレスコ画、挿絵、諷刺画などをべつとしても、ヤンソンの仕事は多岐にわたる。全二一話のムーミンコミックス（一九五四〜五九）、九冊の児童文学のムーミンシリーズ（一九四五〜七〇）、二冊のヤングアダルトの小説『彫刻家の娘』（一九六八）と『少女ソフィアの夏』（一九七二）、そしてポストムーミンのおとなむけの小説や短篇集が一〇冊（一九七一〜九八）である。

「ポスト」という表現の妥当性はさておき、おとなむけの小説作品はすべて時期的にはムーミンシリーズのあとに書かれている。ヤンソンは一九五八年に父ヴィクトルを亡くし、一九七〇年には母シグネを亡くした。ムーミンパパとムーミンママを失ったムーミン谷は、ヤンソンの心のなかで急速に色あせて遠ざかっていった。もう子ども時代には戻れない。ポストムーミンはヤンソンが長かった子ども時代に別れを告げ、あまりに強烈な存在であった両親から真に自立するために書いた作品群だといってもよい。

日本では、ポストムーミン作品もほぼすべて日本語で読むことができる。これもまたヨーロッパ諸国から注目される所以である。それだけでなく、ムーミンコミックスはもとより、青年層を対象とするいわゆるヤングアダルト本にもすべて邦訳がある。フィンランドとスウェーデン以外で、ここまでほぼ完璧に翻訳がそろっている国は例がない。わりあい言語系統が似ていて翻訳がされやすい英仏独などの言語でも、ヤングアダルトとポストムーミンを合わせてそれぞれ数冊が訳されているにすぎない。しかもヨーロッパでは、一般に本が流通する期間はおそろしく短い。うかうかしていると新刊本でもすぐに入手できなくなる。

そのうえ、普及版のペーパーバックではなく、美装版のハードカバーだと、おそろしく値段も高い。フィンランドやスウェーデンのような人口の多くない国ではなおさらである。だから立派な装丁でかざられた書籍は、贈る相手が子どもであるとおとなであるとを問わず、クリスマス・ギフトの定番なのだ。したがって出版社側もこのギフト本の購入時期をめがけて、つまり十月から十一月末にかけて主力書籍を投入する。その後、初版のまま品切れになる作品も少なくない。売れゆきがどうかはともかく、現在、フィンランドでもスウェーデンでもポストムーミン作品は全巻そろわない。「ムーミン」は日欧ではちがうヴェクトルで受容の道をたどった。日本では、児童文学がまず読者を得て、ついでふたつのテレビアニメシリーズの放映がファン層を拡大した。世界でも類をみないその人気は、ポストムーミン作品にまでおよんでいる。かたやヨーロッパでは、まずは新聞の連載漫画《コミックス》でおとなの読者の心をつかみ、コミックス人気が飛び火したかのように児童文学にも愛読者が生まれた。日本にもけっしておとなのファンは少なくないが、ヨーロッパにはその日本以上におとなのムーミンファンが多いのは、こうした経緯と関係があるのかもしれない。

受容の様態によって、ムーミンは異なる「顔」をみせる。日本での「顔」が根源的なのか、ヨーロッパでの「顔」が付随的なのか、あるいはまたその逆と考えるべきなのかを問うても、ほとんど意味がない。どちらもれっきとしたムーミンの「顔」である。対象となる読者や視聴者、表現手段としての媒体《メディア》、受容の形態や歴史、これらすべてにおける両義性こそが、ムーミンの尽きせぬ魅力の泉なのだろう。

3

ヤンソン一家のムーミン

ヤンソンの子ども時代

ヤンソンはその折々にあやつる芸術表現の媒体《メディア》によって、さまざまな「顔」をみせる。ここではヤンソンその人について考えてみたい。作品に内在する両義性あるいは多層性は、作者自身の生い立ちのなかにも認められるからである。

一九一四年、トーベ・ヤンソンは彫刻家の父ヴィクトル・ヤンソンと、画家の母シグネ・ハンマルステン・ヤンソンの第一子として、フィンランドの首都ヘルシンキに生まれた。当時のフィンランドはいまだロシア帝国の一部で、念願の独立をはたすのは一九一七年、トーベ三歳の冬である。一九二〇年に上の弟ペル・ウロフが、一九二六年には下の弟ラルスが生まれると、年長のトーベは父のアトリエの壁に造りつけられた簡易ベッドで寝起きした。

母の仕事机はアトリエの隅にあった。ほかに場所はなかった。応接間は遠慮なく長居をする客に占領されていたし、台所は狭すぎたからだ。トーベの眠るアトリエのベッドからは、夜おそくまでペンを走らせる母の背中がみえた。昼は昼で、子ども部屋などなかったので、両親が仕事をする部屋で遊ぶしかなかった。まさに文字どおり四六時中、仕事をする両親の姿をみながら育ったのだ。トーベにとって芸術はたんなる職業ではない。芸術とはいうならば特別な使命、すなわち天職である。それ以外の選択は考えられなかった。

とはいえ、芸術はかならずしも経済的な安定をもたらさない。けっして広くはない家族の住まいの大部分はアトリエで占められていた。もちろん冷たいセメント床である。石膏で彫像の型をとったあと、床にバケツで水をぶちまけて、デッキブラシで汚れをこすり落とさねばならないからだ。しかし「カーペットなんかいらない。セメント床のアトリエに住むほうがずっといい」と語る自伝的小説『彫刻家の娘』の主人公とおなじく、トーベもまたセメント床のアトリエが最高の住まいだと考えていた。カーペット敷きの応接間は友人ポユーの家にあった。

トーベはこの二歳年下の友人を子分にして、街なかを「探検」してまわっていた。ポユーとは、のちに第一級のピアニストにして有名なシベリウス研究家となったエリック・タワストシェルナのあだ名である。ふたりの遊びを描いたとおぼしき一節が『彫刻家の娘』にある。ヘルシンキのロシア教会の裏手には、細長い家の煉瓦色の壁をはいのぼるように埋めつくす「ごみの山」があった。

「あのそばを走りぬけるときは息をとめるのよ」

わたしはポユーにいう。

「くさったにおいが、あんたにとりついてしまうから」

ポユーは、かぜをひいてばかりいる。

彼はピアノがひける。けがをしてはたいへんと思っているのか、あやまっているつもりなのか、いつも両手を前でにぎりしめている。

ポユーをこわがらせるのがわたしの趣味で、ポユーはこわがりたくて、わたしにくっついて歩く。

（『彫刻家の娘』）


常識的には、ふつうのブルジョワ家庭であったポユー宅のほうが裕福なのであって、自分の家族は蓄えもままならぬほど貧しいのだということを、トーベはずいぶんあとに知った。

父ヴィクトルはすでに名のある彫刻家だったが、国や市からの注文仕事やコンクールの賞金など、かなり不定期な収入しかなかった。大理石や石膏の彫刻は、だれもが気軽に買えるものではない。名誉だけでは食えない。かわりに母のシグネが生活費を稼いだ。本の装丁や挿絵、フィンランド銀行の切手や証券の図柄、雑誌に載せる似顔絵《カリカチユア》をつぎからつぎへと量産していった。才能のある画家であっても、本職ではなかなか食えないが、挿絵画家としてなら収入の道があった時代である。シグネは五人家族の世話を一手にひきうけ、なおかつ主たる稼ぎ手でもあった。しかも朗らかさを失わなかった。強靭な精神力の持ち主である。一九八四年の記事「子どもの世界」（ノルウェーの雑誌『サムティデン』第三号）でヤンソンは亡き母をつぎのように回顧した。

わたしが描いたムーミンママは、じっさい、わたし自身のママをうつした肖像画といえる。わたしのママはたくさんの責任をはたすその最中でさえ、自由でのびのびしていた。そして彼女は、大きな代償を払って手にしたその孤独を、どれほど人びとに囲まれていても手放さなかった。周囲から自分を切りはなすのではなく、いっさい影響をこうむらないことによって。

母の苦労をだれよりも知っていたトーベは、芸術の道を志すと同時に、経済的にも母を助けたいと思った。それに、厳格で画一的な規律にしばられた学校生活になじめず、一刻もはやく学業を終えたかった。当時の学校では、素行が悪いといっては居残りを、宿題を忘れたといっては居残りを、成績がはかばかしくないといっては居残りを命じられた。いささか風変わりな両親のもとで、のびのびと育った野生児のような少女にとって、学校は檻にひとしい場所だった。とくに数学と体育は大の苦手だった。答がわかっている問いに興味はもてなかったし、泳ぎは好きだったが勝負にこだわる競技は苦手だった。シグネは教師にかけあって、この二科目の試験の免除をとりつけてくれた。

若き日のムーミンパパも規律ずくめの生活はきらいだったようだ。パパが子ども時代をすごした「ムーミンすて子ホーム」は、トーベ自身の子ども時代のパロディだろう。経営しているのは律儀だが融通のきかないヘムルだ。パパは当時の生活をこんなふうにふり返る。

わたしは決められた時間に食べ、決められた時間にからだを洗わなければならなかった。しかも、あいさつをするときは、しっぽを四五度に曲げなければならなかった。ああ、こんなことを、いったいだれが涙なしに語ることができようか！

（『ムーミンパパの思い出』）

ある日、思いあまったパパはホームを脱走する。「なにが、いつ」とか「だれが、どんなふうに」とかを問うために。そんなムーミンパパの経験を反映してか、ムーミン谷にはそもそも学校すら存在しないのである。

ファッファンとハムの娘

ムーミンパパとおなじく、トーベは脱走するかのように学校を中退すると、一九三〇年、一六歳で単身ストックホルムにわたり、工芸専門学校《テクニスカ・スコーラン》で商業デザインを学んだ。かつて母シグネが通った学校である。一六歳の画学生は日記に心情を吐露する。「野生人でいたい！　芸術家ではなく！　けれども芸術家にならなくては。家族のために」。

シグネは家族からも友人たちからもハムと呼ばれていた。ハムとは結婚前の姓ハンマルステンの略だ。結婚前に美術教師をしていた時代の愛称でもある。画家としての署名もハムだった。シグネ・ハンマルステン、いやハムは、すでにスウェーデンでも名を知られた卒業生だったので、娘のトーベは無試験で入学をゆるされた。下宿先と学費は母の弟のひとりエイナルが提供してくれた。エイナルはカロリンスカ研究所（ノーベル生理学・医学賞の選考機関として有名）で研究にたずさわっていた。留学するにも母方の援助が必要だったのだ。

三年後に帰国すると、こんどは父ヴィクトルの母校に籍をおいた。ヘルシンキのアテネウム付属の美術学校である。ヴィクトルにも愛称があった。家族からも友人からもファッファンと呼ばれていた。「ファン」（「くそっ」の意）を連呼するせいかどうかは不明だが、怒るとかならずしも上品な応答ではすまなかったのは事実らしい。

もとはファッファンも画家志望だった。しかし、当時のフィンランド大公国の首都サンクトペテルブルクに留学し、絢爛たるロシア建築の美に圧倒されて、彫刻家になる決意をする。ファッファンの親しい友人に彫刻家よりも画家が多いのは、その名残である。そしてヤンソン一家の応接間《サロン》には、ファッファンの友人の芸術家たちが自由に出入りしていた。夜じゅう語りあい、酒を飲み、バラライカを弾き、寝泊りもした。先の記事でヤンソンはこうも書く。

水でもあびれば
インスピレーションが
ひらめくわ
レインハットは
みっともない
いつもの
帽子にしよう

図3−1　見えっぱりのパパとおおらかなママ
「ムーミンパパの灯台守」より。

ムーミンの家族には友だちがたくさんいる。あまり当てにならない友だちもふくめて。かれらは気ままにやってきては去っていくが、どういうふるまいにおよぼうと、いつでもこころよく家族のなかへと迎えいれられる。ムーミンママとムーミンパパがどうにかしてくれるのだ。わたしが小さいときもそうだった。すべての人、パパのアトリエはいつも開いていた。すべてのできごとにたいして。（「子どもの世界」）〔図3−1〕

ファッファンは一九〇八年に奨学生としてはじめ

てパリの地をふみ、一九一三年までパリで仕事をしてはときどき帰国といった生活をくり返していた。将来の伴侶となるハムと出会ったのもパリである。一九一〇年、ともに北欧からの留学生だったふたりは意気投合し、三年後、スウェーデンで結婚式をあげたのだった。

その娘のトーベも奨学金を得てはあちこちに旅をした。まるで若き日のハムとファッファンの足跡をたどるかのように。一九三〇年代後半は、ヨーロッパ全域に戦争の暗雲たちこめるなか、フランスやイタリア各地の工房や美術学校で修業をつんだ。ドイツから入ってヴェローナ、ヴェネツィア、フィレンツェ、ペルージャ、アッシジ、ローマと回り、さらに南下していった。とりわけナポリやカプリは若い画家に強烈な印象を残した。北欧の芸術家にとって、強烈な光と色彩のあふれる南イタリアは、まさに地上の楽園《パラダイス》である。トーベの旅したイタリアではすでに戦時下なのに、人びとは陽気で楽天的で、海も植物も建物もあざやかな原色を放っていた。

帰国後、トーベはイタリアで修得したフレスコ技法を、公共建造物の壁をキャンバスとして存分に発揮することになる。多くの北ヨーロッパの芸術家とおなじく、トーベもイタリアの陽光のとりこになった。雑誌『ヴォル・ティィド』(一九六二年十月号)のインタヴューでこう答えている。

ヘルシンキの街にあるすべてのアパルトマンは、最上階にアトリエをそなえるべきです。どうしてだれもそのことに気づかないのでしょう。すべての芸術家に太陽の光と暖房と空間を与えて、かれらが自由に好きなだけ筆をふるえるようにすべきなのです。

まばゆい陽光とあたたかさに祝福された南の国へのあこがれは、ムーミンシリーズ第一作『小さなトロールと大きな洪水』にもうかがえる。ヤシの木やサボテンなど、いかにもエキゾチックな南国の風物がでてくる。そうかと思うと、昼も夜もなく輝きつづける人工の太陽、レモネードやミルクの流れる小川、チョコレートやキャンデーの実る木がいっぱいの、ヘンゼルとグレーテルもうらやむ「おかしの国」が登場する。

この作品が第二次大戦の終結直後の一九四五年に刊行されたことを思いだそう。実際に執筆されたのは大戦中である。戦時下では、たえまなく空襲警報が鳴りひびくなか、電気を消してまっくらな防空壕にひっそりと身を隠していなければならなかった。まばゆい人工太陽とまでいわずとも、せめて電球のひとつも灯したいと思っただろう。食糧不足も深刻である。甘いものがなんの苦もなく手に入る「おかしの国」は、かならずしも子どもだけのパラダイスではなかった。戦時下での砂糖は贅沢品なのだ。

ボヘミアン家族

トーベ・ヤンソンの想像力をかきたてるネタは、すぐそばに転がっていた。家族である。経済的な面でも生活の面でも家族を支えつづけたパワフルなハム、頼りになる妻のおかげでメランコリックな夢想家として生きることができたファッファン、マニアックに興味を追求する弟たち。みんなそろって根っからのボヘミアンである。

一九五二年から一九五九年までの七年間で、トーベ・ヤンソンはコミックス二一話を描きあげた。まず粗筋《シノプシス》を考え、鉛筆でざっと素描《スケッチ》し、最後にインクで仕上げをする。印刷されたときの映りを考えて、二倍の大きさで描く。台詞はスウェーデン語である。当初は英語で書く努力をしたが、辞書と首っぴきでは、ぎこちなさがぬぐえない。

そこで自由に想像力をはばたかせるために、英訳は一二歳下の弟ラルスに任せることにした。ラルスはスウェーデン語とのバイリンガルを自称するほど英語に堪能だったのだ。まだ二六歳だったが、すでに実績のある作家でもあった。一五歳で冒険小説『トルトゥーガの宝』でデビューし、その後も七冊の推理小説や悪漢《ピカレスク》小説を書いていた。それらの小説の挿絵はもちろんハムの担当だった。

一方、上の弟ペル・ウロフはその破天荒な生きかたで、姉と弟にアイディアを提供した。典型的な夢追い人で、やはり若くして小説やエッセイを発表し、航空写真を撮り、南極で砂金を掘り、潜水して沈没船の宝探しをした。潜水コンパスの発明特許もとっている。とりわけラルスの作品には、ペル・ウロフの冒険にヒントを得たとおぼしきものが少なくない。

この家族はごく自然に助けあう。たんに手を貸すだけではなく、忌憚のない意見を述べることによっても。一九八七年のインタヴュー（フィンランドの英文季刊誌『ブックス・フロム・フィンランド』一九七八年第三号）で、ヤンソンは創作にとっての批評の意義を力説している。

家族のだれかがなにかを創作したとします。すると、それが絵であるにせよ文章であるにせよ、家族みんなで自由に批評しあうのです。だれもが厳しい批評家でした。いまでもわたしにはそんな身内と呼べる人びとがいます。わたしはなにをするにしても、自分が信頼できる人びとから理解ある批評をしてもらわなければ、うまくいきません。

スウェーデン語系であること

ところで、ヤンソンはすべての作品をスウェーデン語で書いた。小説も随想《エッセイ》も連載漫画《コミックス》も。インタヴューにもスウェーデン語で応じた。日常に使うのもスウェーデン語だ。しかしヤンソンはまぎれもなくフィンランド人である。一九三〇年代にヨーロッパの各地に留学はしたが、生涯のほとんどをヘルシンキ市内のアトリエとペッリンゲ地方の島ですごした。それなのに、なぜスウェーデン語なのか。

あまり知られていないが、フィンランド語と並んでスウェーデン語もまた、れっきとしたフィンランドの公用語である。したがってフィンランド国内には、フィンランド語を母語とする多数派と、スウェーデン語を母語とする少数派が存在する。また、姓名もフィンランド系とスウェーデン系がある。スウェーデン系の姓を名乗る人は、たいてい仲間うちではスウェーデン語を使う。トーベ・ヤンソンという名はどうか。ヤンソンは文字どおり「ヤンの息子」を意味し、きわめてありふれたスウェーデン系の姓である。スウェーデンではヤンソン、デンマークやノルウェーではヤンセンとなる。トーベという名は北欧神話の雷神トールから派生する。ヤンソンほどありふれてはいないが、やはりスカンディナヴィア系である。

スウェーデン語とフィンランド語は、言語学的にみるとほとんど共通点はない。スウェーデン語は、他のスカンディナヴィア諸語とおなじく、インド－ヨーロッパ語族の北ゲルマン語派に属する。一方、フィンランド語はウラル語族を構成するフィン－ウゴル語派に属する。文法も語彙もまったく異なるふたつの言語を、たとえ小学校低学年から教わるとはいえ、おなじ程度に修得するのはやさしくない。にもかかわらず、スウェーデン語がいまも公用語として、公文書でも教育の場でも使われつづけるのは、なぜなのか。フィンランドの歴史にその理由がありそうだ。ながらくスウェーデン王国の一部であったフィンランドでは、伝統的にフィンランド語とスウェーデン語の両方が併用されてきた。一九世紀初めにロシア帝国に併合されたのちも、スウェーデン語はロシア語とともに文化的言語としての地位をたもった。

一九一七年十二月、革命まっただなかのロシアの混乱に乗じるかのように、フィンランドは独立を宣言する。公用語の地位から転げおちたロシア語とちがい、スウェーデン語はふみとどまった。なぜなら中世以来のフィンランド文化に深く根づいており、少数派とはいえスウェーデン語を母語とするフィンランド人がいたからだ。そして一九一九年の基本法制定で、フィンランド語とスウェーデン語はすくなくとも法的には完全に対等とされた。この基本法のおかげで、言語的少数派が一気に消滅する危機はとりあえず遠のいた。とはいえ少数派のなかには、将来の存続に悲観的な声もある。じっさい少数派の人口は減る一方である。

スウェーデン語系フィンランド人が全人口に占める比率は、一九二〇年には二一・六パーセントだった。一九四〇年には九・五パーセント、ここ一〇年では六パーセント、人数にして三〇万人前後となり、いまも徐々に減っている。現在ではスウェーデン語系であっても、フィンランド語がまともに使えなければ就職はかなりむずかしい。逆に、多くのフィンランド語系の人びとは、スウェーデン語が使えなくても、英語ができれば問題ないと考えている。とくにヨーロッパ共同体の一員となったいまは。独立から九〇年以上たつ。フィンランド語とスウェーデン語の立場は、数のうえだけでなく文化的または政治的な力関係においても、完全に逆転したのである。

トーベ・ヤンソンはこのような言語少数派の一員として生をうけた。父ヴィクトルはスウェーデン語系のフィンランド人、母シグネはスウェーデン人である。娘のトーベは、ふたりの弟たちとおなじく、日常的にスウェーデン語を話す環境で育った。一五歳まで通ったのもスウェーデン語教育の共学校である。ヴィクトルも通った由緒ある学校だったが、のびやかに育ったトーベは厳格な校風についぞなじめなかった。また、シグネが生涯ほとんどフィンランド語を話せなかったせいもあって、娘のトーベもついぞフィンランド語を完全に修得するにはいたらなかった。逆にいえば、首都圏の芸術家や知識人とのかかわりにかぎるならば、それでもさほど支障なく生活ができたわけだ。

ヤンソンは言語的少数派として、伝達手段としての言語がかならずしも万人にとって自明ではないことを、否応なく、子どものころから知っていた。自分が他と異なることをうけいれる、あるいは他が自分と異なることをうけいれる、それも理屈ではなく直感的に。この自発的寛容の精神ともいうべきものが、児童文学にせよ、コミックスにせよ、ヤングアダルトにせよ、ポストムーミンにせよ、ときにユーモラスに、ときにややシニカルに、あらゆるヤンソン作品をつらぬいている。

4　コミックスのムーミン

ひとりぼっちのムーミン

例の聖ヴァルプルギス前夜から数か月後の一九五二年の夏、ヤンソンは第一話「ひとりぼっちのムーミン」（一九五四〜五五）と第二話「ムーミン谷への遠い道のり」（一九五五）をほぼ描きあげていた。児童文学から連載漫画《コミックス》へ、主たる読者対象が子どもからおとなへ、そして媒体《メディア》が単行本から夕刊紙へと変わり、従来の枠組にとらわれない設定が可能になった。まず変化はムーミントロールの境遇にあらわれる。しかも最初の二話においてもっとも顕著なかたちで。

コミックスのムーミンにはパパもママもいない。天涯孤独の身をなげきつつ、なぜかムーミン屋敷に住んでいる。児童文学では、やさしいママ、頼もしいパパ、いい子のムーミントロール、と仲のよい家族が描かれるのに、コミックスのムーミンには身近な家族がいない。第一話の前半は、スノークの女の子もスナフキンもでてこない。ちびのミイにいたっては、ようやく第七話「家をたてよう」（一九五六）でデビューする。連載開始からすでに一年半以上がたっていた。

第一話の冒頭から登場するスニフは、児童文学では「小ささ」や「幼さ」が印象的で、ムーミントロールになにかと半人前扱いされて不平をこぼす。しかしコミックスでは、はるかにおとなっぽく世知にたけて、損得勘定にさとい。世なれたリアリストとして兄貴風をふかし、やたらに仕切りたがる。ナイーヴなムーミントロールを心配して面倒みているのか、暇つぶしに茶化しているのかわからないが、いずれにせよ憎めない悪友という役回りである。

コミックス専属のキャラクターも少なくない。名前からして「悪臭を放つ」「評判が悪い」を連想させるスティンキーも、その名にたがわずなんともいえない臭いをただよわせ、鉄でも木材でもガラスでも呑みこむ胃袋の持ち主だ。おまけにしょっちゅうスニフとつるんで悪さをする。スニフもまた意味ありげな名である。「臭いをかぐ」「鼻で笑う」を連想させるのだから。どちらもコミックスならではのトリックスター的存在といってよい。このふたりのトリックスターは第一話から活躍する。

最初のコマ、白いボールを連想させるあの絵を思いだそう。のっけから、いくつかの原因と結果が幾重にもたたみかけられる。ムーミントロールが丸いおしりを読者にむけていたのは、逆立ちを試みていたからだが、逆立ちすれば頭痛が治るかと思ったからだ。頭痛はたくさんの友だちや親戚を招いたからで、招いたのはひとりぼっちがいやだったから。というわけで、原因はムーミントロールの孤独な身の上にいきつく。ムーミントロールの孤独、これが第一話のテーマである。

ムーミン、友だちをみつける

問題は、いつまでも居座る「一五人の友だちや親戚」をどうやって帰らせるかだ。ムーミントロールがかいがいしく世話をするので、すこぶる居心地がよいらしい。おまけに小さなスーツケースをさげたニョロニョロの一団までやってきた。すでに屋敷は満杯なのに、ニョロニョロは抽斗《ひきだし》で眠るのを拒み、ムーミントロールにわざわざベッドを作らせる。そして優雅に食前のカクテルをたしなみながら、夕食はまだかとせっつく［図4-1］。嵐と雷を求めてさまよう孤独で神秘的な放浪者というイメージは、もはやどこにもない。わがままをいって添乗員を困らせる団体旅行客にしかみえない。

ムーミントロールはため息をつく。「こんなときに助けてくれるパパやママがいたらなあ…」。とうとう我慢と疲れが限界に達する。しかたなくスニフの忠告をいれて、スティンキーを屋敷に招いた。あの強烈な臭いで客たちをいぶりだそうというのだ。作戦はみごとに的中する。これで久しぶりに自分のベッドで眠れるのだ。ところがスティンキーの大食らいは、一五人の客とニョロニョロ全員を合わせたよりも、たちが悪かった。塩をふりかけた椅子やテーブルではあきたらず、柱や屋根や壁にまで歯をたて、ついに

図4－1　ベッドを作らせ、夕食をせっつくニョロニョロ。
「ひとりぼっちのムーミン」（上）とヤンソンのスケッチ（下、部分）より。

は屋敷をすべて平らげてしまう。ムーミントロールは家まで失い、またしてもひとりぼっちになる。

ここで悪友スニフの出番だ。家を建てるために金もうけをしようぜ、とムーミントロールをそそのかす。もともと児童文学でも、スニフは光りものに眼がなかった。第一作『小さなトロールと大きな洪水』では、洪水で流されてムーミン屋敷の煙突にひっかかった大きな真珠のネックレスをめざとくみつけ、「ぼくらは大金持ちだ！　車だって、もっと大きな家だって買えるよ！」と叫んで風情のなさを披露する。第二作『ムーミン谷の彗星』でも、われを忘れてガーネットをかき集めているうちに、ぬっとあらわれた宝の見張り番の大トカゲに腰をぬかす。そんな欲ぶかさがコミックスではますます強調される。

浮世ばなれしたムーミンたちと計算だかいスニフ、この組合せが新聞連載に求められるコミカルな味をかもしだす。逆のものに変身するあやしげな薬を調合したり、ムーミントロールをトランプ占い師にしたてたり、前衛彫刻をでっちあげたりと、スニフは小銭かせぎの手段をつぎつぎに思いつくが、どれもみなあと一歩のところで失敗する。

やがてスナフキンも騒ぎに加わる。ただし、会ってすぐに意気投合する児童文学とは異なり、ムーミントロールとのあいだに固い友情が生まれるのは、第二話まで待たねばならない。第一話では、ムーミントロールの友だちはあくまでスニフであって、スナフ

図4－2　ニョロニョロが生えてくる！「ひとりぼっちのムーミン」より。

キンはニョロニョロの種をめぐるエピソードでのみ登場する。風のむくまま気のむくままに旅をする風来坊で、ひとに指図をされるのも指図をするのも大きらいだ。

温厚で思慮ぶかいが、つまらない朴念仁ではない。ときには他愛のない悪さもする。ムーミンシリーズ第五作の『ムーミン谷の夏まつり』では、うるさい規則を押しつける公園番をこらしめるために、ニョロニョロの種をまく。やがてニョロニョロが芽をだして電気で公園番をやっつけるはずだと、確信犯的にいたずらを仕掛けたのだ。そのあと二四人の「森の子どもたち」になつかれて、なれないパパ業を演じるはめになって、ほとほと閉口するというおまけまでつく。

ただしコミックスでは、かならずしも温厚で思慮ぶかいとばかりもいえない。第一話「ひとりぼっちのムーミン」では、スナフキンが果樹園を作ろうと種をまくと、ニョロニョロが生えてくる［図4－2］。リンゴやオレンジやプラムの種を買ったはずが、まちがってニョロニョロの種を買わされてしまったのだ。おまけに、調子のいいスニフに、生えてきたニョロニョロの世話を押しつけられる。クールな自由人のスナフキンも、コミックスではときに間抜けな役回りを演じる。
　次作の第二話「ムーミン谷への遠い道のり」では、大事なテントを使わせてくれとスノークの女の子に頼まれる。このテントをネット代わりに、うるさいおばさんを捕らえようというのだ。もちろんスナフキンは「冗談だろ！」と断る。一般にものには執着しないが、テントやハーモニカなど数少ない所有物には、意外にこだわりがある。勝手にひとにさわられたりするのは我慢がならない。ところが、スノークの女の子が流し目を送ると、真っ赤になりながら聞きいれてしまう。これではスナフキンもただのデレデレしたお兄さんでしかない［図4−3］。遠景に眼をまん丸くしたムーミントロールがみえる。スナフキンの変貌にびっくりなのだ。これもまた、おとなの読者を意識してのジョークなのだろう。

図4−3　真っ赤になったスナフキン。「ムーミン谷への遠い道のり」より。

　話をまぜっ返したあげく、最後に大団円にもっていくのがスノークの女の子だ。「ひとりぼっちのムーミン」では、「浜辺の美人コンクール」の優勝賞金で買った宝石を身につけていたせいで、強盗たち

図4-4　ハッピーエンド！「ひとりぼっちのムーミン」より。

にさらわれてしまい、とりあえずは冒険のきっかけをつくる。待ってましたとムーミントロールは、勇んで救出にむかう。おびえる王女を救いだす勇敢な騎士よろしく、ムーミントロールは電気を放つニョロニョロをけしかけて、強盗たちを追いはらう。そのまにスノークの女の子はちゃっかり強盗たちの宝物をいただく。こういうときに機転のきくスノークの女の子が、ついでにほかの捕虜たちを逃がしてやったので、ふたりは感謝の印に新居をプレゼントされる。こうしてムーミントロールとスノークの女の子は一挙に富と名声を手にし、スニフもまじえて定石どおりのハッピーエンドを迎える［図4-4］。

話そのものは他愛がない。もっぱらスニフと部分的にはスノークの女の子のせいなのだが、求めるものが富だの名声だのと、いやに俗っぽい印象をうける。小悪党コンビのスニフとスティンキーが活躍する話では、どうしてもドタバタ喜劇風になりやすい。ムーミンパパとムーミンママが参入して、いわゆる「ムーミン度」、つまりちょっと間抜けで、さりげないアナーキー度が高まるのは、第二話を待たねばならない。

ムーミン、溺れそこなう

第二話「ムーミン谷への遠い道のり」は原題を直訳すると「ムーミン家族」だ。なのに、第二話の冒頭でも事態はまったく変わっていない。「家も彼女もお金も…消えちゃった！」とムーミントロールはなげく。またしても宿なしのひとりぼっち、これじゃ、死んだほうがましだ、と海へ身を投げる。ところが溺れようとしても溺れられない。泳ぎが第二の天性のムーミントロールは、どうやっても自然にぽっかりと浮いてしまう［図4－5］。そこへムーミンパパとムーミンママがボートに乗ってやってくる。

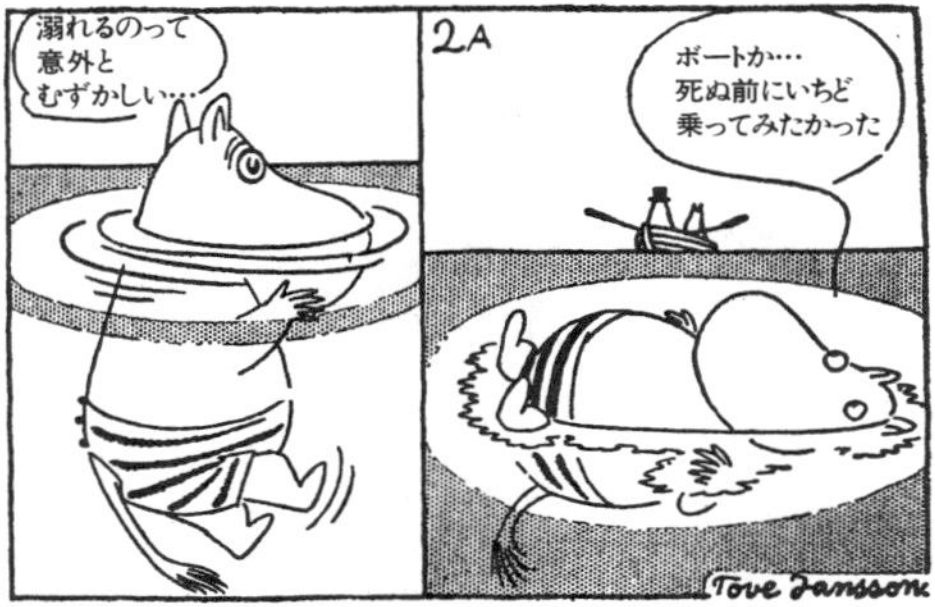

図4－5　溺れられないムーミン。
「ムーミン谷への遠い道のり」より。

パパ　「昔よくいった日曜のピクニック、おぼえているかい？」
ママ　「ええ、あなた」
パパ　「小さな息子は舳先に乗って、よく船酔いをしたな…」
ママ　「いなくなったあの子のことは、いわないで！」

パパ「おっ、ウィスキーの箱だ！」
ママ「いいえ！　溺れようとしてる子どもよ！」　（「ムーミン谷への遠い道のり」）

いなくなった息子を思ってしんみりするパパとママの眼に、なにやら奇妙なものがとびこんでくる。パパはウィスキーの箱だと決めつける。海に浮かんでいる物体はみなウィスキーにみえるらしい。それにしてもなぜウィスキーなのか。

この思いこみには根拠がなくもない。フィンランドでは一九二〇年代前半に、禁酒法（正確には「酒類製造・販売・運搬等禁止法」）が施行された。以来、酒類の製造その他は不法行為となった。もっとも飲酒そのものは禁止されなかった。酒を造らなければ飲みようがない。しかし禁止されたからといって、製造や販売や違法な飲酒行為がなくなるわけではない。むしろ地下にもぐって、闇ルートに流れるにすぎない。シカゴのアル＝カポネがギャングの大ボスにのしあがったのも、密造やもぐりの酒場で大もうけをしたからだ。

フィンランドでも事情は変わらない。国内で密造された酒や外国から密輸された酒が、大量にでまわった。禁制の荷をつんでいる船が、港湾管理の巡視船にみつかると、なにはともあれ、まずは不法な荷を投げすてる。現物さえなければ処罰をまぬかれたからだ。そんなわけで、しばしばフィンランド湾には、密造ウィスキーやウォッカの缶やボトルをつめた木箱がぷかぷか浮いていた。汀《みぎわ》の岩かげに、緊急避難的に獲物が隠されていたりもする。

ヤンソンの子ども時代をほうふつさせる小説『彫刻家の娘』でも、海辺でウィスキーを回収する家族の姿が描かれる。座礁したモーターボートが岩かげで波にゆれている。これはもしやと家族そろって汀のヤナギの茂みあたりを探索する。予感は的中だ。アルコールの入ったキャニスターがぎっしり押しこまれている。きらきら光る銀色のカーペットのようだ。すこし離れたモミの木の下にはコニャックのボトルもある。あきらかに素性のあやしい酒だ。あのボートは難破した密輸者が棄てていったのだろう。だが少女は、やった、ラッキー、とは思わない。海には掟がある。少女いわく、海の掟ほど神聖なものはなく、これを軽んじる者は海を愛する資格がない。たとえば、浜辺や浅瀬でみつけた密輸酒を高値で売りさばくのは、流儀知らずである。わざわざ港湾管理事務所にとどけるのも、杓子定規すぎて、芸がない。

こういう缶をこっそり買うのは政府をだますことだし、だいいち高すぎる。そういうことをしてはいけない。缶を手にいれるただひとつのまっとうな方法は、自分で缶をみつけて、できれば生命をかけて缶を救いだすことだ。こういう缶は、喜んでもらっていいし、道義にもひっかからない。

（『彫刻家の娘』）

掟はこんなふうに守るべきだ、と少女は思う。これなら格好いいし、筋もとおる。海でみつけた酒は、ふつうの売買ルートでさばいてはいけない。それは法を破ることだから。ただし家族や仲間うちで飲むぶんにはかまわない。遠い岸辺から流れつく丸太や厚板や浮きやブイのように、海からの贈りものとして感謝すればよい。これならきっとムーミンパパも少女に同意するはずだ。

ムーミン、家族となる

ともあれ、溺れそこなったムーミントロールは、助けてくれた親切なひとたち（ムーミンパパとムーミンママ）の家に招かれる。そこでお決まりのパターンで遠い昔がよみがえる。「さあ、温かいうちに飲むのよ」という言葉と、手わたされたマグカップに、ムーミントロールは動揺する。聞きなれた響きとなつかしい感触。プルーストの『失われた時を求めて』で語られる紅茶にひたしたマドレーヌ菓子よろしく、耳や眼や鼻など五官にうったえる刺激のおかげで、ムーミントロールは失われていた記憶をとりもどす［図4−6］。

親子の再会をはたしたムーミントロールといっしょに、スニフもあたりまえのように養子になり、ムーミン家族は一気に四人になる。ムーミントロールは、死ぬほどいやがっていた孤独から、ようやく逃れられたのだ。ところが、すぐにムーミンパパが退屈しはじめる。行方不明だったひとり息子が帰ってきて、スニフという息子もできた。家族団欒に文句はないが、なんとなくつまらない。なにかがたりない。そうだ、冒険がたりない。若いころは気のあう仲間たちと連れだって、七つの海をまたにかけて暴れまわったというのに。すくなくともパパはそう思っている。自分も年をとったものだと、ちょっとメランコリックになる。

そこへスナフキンがあらわれる。所帯じみた自分にうんざりしていたパパは、自由な

マグがきっかけとなり
ムーミンの心の中に遠い子ども時代の
記憶がよみがえった…
さあ 温かい
うちに飲むのよ
Tove Jansson

ということは きみが行方不明の
息子なのか？
これはぼくの
お気にいりのマグだ
まちがいないよ！

図4－6　失われた記憶をとりもどすムーミン。
「ムーミン谷への遠い道のり」より。

図4-7　途方にくれるムーミン。
「ムーミン谷への遠い道のり」より。

旅人スナフキンに、あこがれると同時に、がぜん対抗心をいだく。ムーミントロールと結託し、「贋金造りと密輸」に手をそめた「警察のおたずね者」のふりをして、スナフキンを感心させようとする。残念ながらスナフキンは感心してくれない。冒険だの犯罪だのと騒ぎたてるのは心底うんざりなのだ。ついには、気乗りのしないママとふたりで駆け落ちして、海辺の洞窟に隠れすむ。ひとりでぷいっと出奔してしまう児童文学のムーミンとちがって、ママといっしょに、しかも近場の洞窟に身をひそめることを冒険と称するあたり、コミックスではパパの小市民ぶりも板についている。

ムーミントロールは両親の突然の不在に途方にくれる［図4－7］。ママがみていないのに泳いだって楽しくない、ママならパンケーキを焼いてくれるのに、と臆面もなくママを恋しがる。以前にもまして子どもっぽい。ひとり暮らしの反動なのか、家族ができてからというもの、すっかり甘えん坊になっている。パパとママが姿をくらましたあと、ムーミントロールとスナフキンはこんな会話を交わす。「親に逃げられた子どもはどうすればいいの？」「なんにも！」。

親が失踪したからといって、特別なことをする必要はない。親にも事情がある、子どもには子どもの事情があるようにね。大好きな家族にたいしても、ときには一定の距離をおく必要がある。こういうことを理解するのが自立への第一歩なのさ、とスナフキンはいいたいのだろう。

南へのあこがれ

連載漫画《コミックス》では季節への配慮も欠かせない。四か月ほどの冬眠はムーミンたちの伝統儀式だが、連載ではゆるされない。ムーミンたちを冬眠させていると、春と夏のエピソードだけになってしまう。児童文学の『ムーミン谷の冬』で冬眠できなくなるのはムーミントロールだけだが、コミックスの「やっかいな冬」や「おかしなお客さん」では家族そろって冬眠をやめる。

最初はしきたりどおりに冬眠をしようとして音頭をとっていたパパも、「退屈だ…干し草はチクチクするし」「だいたいなぜ冬眠せにゃならんのだ…」「昔のしきたりにしたがえなどと、だれが決めたんだ？」とつぶやき、そしてついには「冬眠はやめだ。あたらしい伝統を作ろう！」とぶちあげる（「やっかいな冬」）。連載漫画《コミックス》にヴァリエーションは必須なのだ。一年に四季がある以上、ムーミンたちも四季を生きねばならない。

漫画のエピソードと現実の季節を合わせる、これも重要だ。イギリスで吹雪が舞っているときに、小川で水遊びのエピソードはまずい。逆に、イギリスが夏のまっさかりなのに、ムーミン谷でインフルエンザを流行らせてはいけない。したがって、一話を完結させるエピソードの数を計算して、掲載時の季節と合うように粗筋《シノプシス》を考案せねばならない。

じっさい、連載開始の時期が半年ほどズレこむハプニングが生じたことがあった。そこでヤンソンは、先述した「やっかいな冬」を第三話ではなく第五話に後回しにして、先に「南の島へくりだそう」（一九五五）を完成させた。三月末から六月までつづく話が、なれない冬と格闘するムーミンたちではまずいからだ。こうした柔軟さも連載漫画家に必要な素質である。ちなみに一九五四年五月七日の日付のラフ・スケッチが残っている。「ひとりぼっちのムーミン」でもそうだったが（九二頁参照）、急ぎ前倒しにしたにもかかわらず、この下書きと完成作品とのあいだに大きな変更はない。いかに入念に準備されたかがわかる。

さしかえられた「南の島へくりだそう」の冒頭は、みごとに三月末のムーミン谷で始まる。「かくも心をうつものがあろうか…北の国で春に芽をふくつぼみ…ふるさとをつつむ雪をついて顔をだす！」と、ムーミントロールは北国のナデシコの可憐さにうっとりする。ところがスノークの女の子とムーミンパパは、南国のバラの茂み、社交界、シヤンパン、ルーレットに芝居、といった華やかな呪文にみちた新聞記事に心を奪われる［図4－8］。ムーミントロールの抵抗むなしく、けっきょく家族そろって南へとくりだす。南仏を思わせる高級リゾートと北欧の牧歌的なムーミン谷があざやかに対比され、季節感たっぷりのエピソードとなった。

暑さと疲れでへとへとの一行の前に、「ようこそ」と大書されたホテルがみえてきた。ムーミンたちはこれを家だと勘ちがいする。ホテルなどみたこともないのだ。ホテル側は丁重に対応する。ちょっと変わった一行ではあるが、高級リゾートでは尋常ならぬふるまいにおよぶ富豪もめずらしくはない。一行は親切なもてなしに感激する。家人（ホテルの従業員）もみな感じがよい。それはそうだ、高級ホテルなのだ。奇矯でも偏屈でも、高い料金を払ってくれるなら、たいせつなお客さまである。

広大な庭をそなえたホテルはお城のように豪華で、

図4－8　華やかな呪文に心を奪われる二人。「南の島へくりだそう」より。

案内された部屋は最上のスペシャル・スイートだ。「いちどこういう家に住んでみたかったのだ！」とパパはごきげんだが、ママはちょっと不安になる。なにもかもが大きすぎて、なじめない。ごちゃごちゃと狭苦しい応接間《サロン》になれているので、広すぎる部屋は落ちつかないのだ。ママの提案にしたがい、ムーミン屋敷の居心地のよさを再現すべく、みんなで家具の配置換えをする［図4－9］。こうして、きらめくシャンデリアと広々したスペースがあるのに、ベッドの天蓋をテントがわりに、はだか電球の下で小さなテーブルをかこんで、ちんまりと暮らすことになる。

あとは定石どおりの珍騒動だ。回転ドアに入るタイミングがつかめず、ドアを壊してしまう。りっぱな浴槽を専用プールだと思って、盛大に水遊びをする。下の階に水がもれて苦情がくる。ボーイにチップを要求されているのに、心をこめた握手で礼をいう。浜辺のデッキチェアに寝そべると、料金をとられて、仰天する。なにをするにも、お金がいる。なにをしてもらっても、お金がいる。ムーミンママはうんざりして、ムーミントロールといっしょに、浜辺につないであるボートで生活を始める。

魅惑のハイライフ

ムーミンパパとスノークの女の子は、ゴージャスな社交生活《ハイライフ》をめいっぱい満喫する。しかしムーミントロールはおもしろくない。北の国ではユキワリソウが芽をだすころだ。

図4－9　ママの提案で家具の配置換え。「南の島へくりだそう」より。

ヴェランダのペンキを塗りなおさなくてはならない。春を迎える前に、ムーミン谷でやるべきことは山ほどある。なのに、こんなところで鬱々としているなんて。おまけにスノークの女の子には冷たくされる。クラークと名乗るダンディに夢中なのだ。このクラークはちょっと悪そうな印象が魅力的で、わざと大きく前をはだけたシャツの着かたなど、このファッションで一世を風靡した『或る夜の出来事』のクラーク・ゲーブルを思わせなくもない。なんにせよ、南の国も、きざなヤサ男も、大きらいだ、とムーミントロールのいらいらはつのる。

ついに、いらいらの矛先は恋がたきのクラークにむかう。スノークの女の子をかけて決闘だ。決闘は朝の六時。はじめは意気揚々だったムーミントロールも、夜の十二時、深夜の三時、夜明けの五時と、決闘の時刻が近づくにつれて、しだいに気弱になっていく。たった三コマでくるくる変わっていくムーミントロールの表情がおかしい。最初のコマでムーミントロールの勇気に感心しているスノークの女の子も、つぎのコマではやくも興味を失い、最終コマでは寝息をたてている［図4－10］。ここでもママだけはいっこうに動じ

ない。落ちつきはらって編物をしている。マフラーだろうか。とにかく北の国の必需品にちがいない。

　ムーミンパパもスノークの女の子に負けていない。映画スターだの貴族だのと浮かれまくり、見栄をはって「フォン・ムーミン」と名乗るしまつ。姓に「フォン」をつけることで、貴族だと思われたいらしい。ものものしい「フォン」とボヘミアンなふるまいのミスマッチで、ムーミンパパはたちまち変わり者と評判に。おかげで、変人好きの貴族モンガガ侯爵と仲よくなる。高貴な友人と酒をくみかわしつつ、芸術談義に花を咲かせ、パパはごきげんなハイライフを送る。古着と古靴スタイルで野山をさすらう正真正銘のボヘミアンのスナフキンに、どうしようもなく羨望をおぼえる一方で、ときどきは俗っぽい名声や豪勢な生活にも心ひかれてしまうあたり、ムーミンパパの愛すべきスノッブぶりがうかがえる。

　モンガガ侯爵は金も名声もある大富豪だが、ないも

図4－10　しだいに気弱になるムーミン。「南の島へくりだそう」より。

のねだりのつねで、自作の彫像で喝采を得たいという野望をもっている。ボヘミアンのなんたるかも知らぬくせに、芸術に人生をささげたボヘミアンを気どる。パパは大まじめでモンガガを励ます。彫像を広場にもちだして、大衆の判断を仰ごう、きっと大評判になるぞ。しかも酔いにまかせて、広場にあった知事の彫像を河に投げこんでしまう。決闘だの彫像破壊だのと騒ぎをくり返すムーミンたちは、警察に追われて、ほうほうの体でムーミン谷に逃げかえる。北をめざすボートのなかで、ムーミンママとムーミントロールはおうちに帰れると素直に喜んでいる。ところがムーミンパパとスノークの女の子は懲りない。「おきぬけに飲むバラの花びら入りのシャンパン、あれは悪くなかった…」とパパがつぶやくと、スノークの女の子も「あのきれいな緑色のプールもね!」と答えるのである。

ついでながら、スウェーデン語系フィンランド人には、ドイツ風の「フォン」付の姓をもつ人びとがいる。ヤンソンの親しい友人で演出家のヴィヴィカ・バンドラーも、結婚前の姓はフォン・フレンケルだった。彼女は児童文学のシリーズ第三作『たのしいムーミン一家』で、トーベすなわち「トフスラ」の相棒「ヴィフスラ」として登場する。さらに小劇『ムーミントロールと彗星』をヤンソンと共同で制作し、一九四九年にヘルシンキのスヴェンスカ劇場で上演している。

「ムーミントロールとのインタヴュー」と題された公演チラシが興味をひく［図4-11］。

先日、ムーミントロールとのインタヴューで…

かれがいうには

これという主張はないのだけれど…

この芝居はハッピーエンドです、とさ!!!

図4-11 「ムーミントロールとのインタヴュー」と題された小劇『ムーミントロールと彗星』の公演チラシ。

まるで四コマ漫画である。まず「先日、ムーミントロールとのインタヴューで…」と始まり、「かれがいうには」と続き、「これという主張はないのだけれど…」ときて、最後に「この芝居はハッピーエンドです、とさ!!!」となる。連載漫画《コミックス》でみせた手腕を予見させる、みごとな起承転結である。

演劇はヤンソンにとって未知の世界だった。さまざまな機材を使って集団で制作にたずさわる演出家と、ペンとインクと紙を使って単独で仕事をする作家では、ともに芸術家とはいえ性格はかなり異なる。豪放かつ陽気なバンドラーにふりまわされ、ヤンソンはうろたえたり驚いたりしながらも、劇場のもつ可能性にたいする認識を深めていく。結果、五年後に刊行されるシリーズ第五作『ムーミン谷の夏まつり』では、ぷかぷかと水上をただよう劇場が舞台となる。フィンランドの地に縛られることなく、スウェーデン、デンマーク、フランスと、世界じゅうの劇場をいわば漂流しつづけるコスモポリタンな友人へのオマージュとして。

自分らしさと「ごっこ遊び」

ムーミン谷には個性的な生きものたちが住んでいる。ホムサやスクルッタのような小心者もいれば、一部のヘムルのような大言壮語をはく者もいる。フィリフヨンカのようなお節介やきもいれば、スナフキンのようなわれ関せずの自由人もいる。だれからも怖れられる孤独なモッラもいれば、だれからも愛されるムーミンママもいる。それぞれが堂々とわが道をいき、互いに干渉したりしない。たとえ仲のよい家族であっても、求められてもいない忠告をしたり、相手が話したがらないひみつを聞きだそうとしたりはしない。寛容であれ。これがムーミン谷で守るべき唯一の掟である。自分が自由であるために、互いに自由であるために。それでも、ときどきはちょっとした騒動がおこる。たとえば「ふしぎなごっこ遊び」のように。

ある日、ムーミンたちの隣にフィリフヨンカが引越してくる。児童文学のフィリフヨンカはひとり暮らしで、身近な家族はいない。ところがコミックスでは三人の子持ちだ。児童文学ではときに悲壮感をただよわせるフィリフヨンカも、コミックスでは完全にコミカルな役回りとなる。かなりの教育ママで、しかも家事のプロを自称する。万事において「ごっこ遊び」に興じるムーミンたちの対極にある。フィリフヨンカにとっては、子育ても料理も、あまつさえパーティまでも義務なのだ。

一方、ムーミンママは「遭難してるつもり」や「大地震がおきたフリ」をして、料理やそうじを思いっきり愉しんでしまう。みんなで足に雑巾を巻きつけてダンスをして、おしまい。大量のスグリをバスタブに放りこんで、そのうえを跳ねまわってジャムにする。食器は雨水で洗うので、それまではベッドの下に隠しておけばまずまず片づいてみえる。それでいいじゃない、とムーミンママは思う。どうしてフィリフヨンカはことを

図4－12　フィリフヨンカのやり方に不満。「ふしぎなごっこ遊び」より。

むずかしくするのかと。あまりに整然としたフィリフヨンカの家をみせられて、ムーミンママは反抗的な気分になる［図4－12］。両手いっぱいに家じゅうの埃《ほこり》をかき集めて、「そんなにおそうじがすきなら、余分な埃をさしあげるわ！」と、フィリフヨンカの部屋にぶちまけてしまう。コミックスのムーミンママは、少々のことでは動じないおだやかな児童文学のムーミンママとちがって、はっきりと喜怒哀楽を表にだす。こういうママも悪くない。

ムーミンたちは、律儀なフィリフヨンカがなんといおうと、生活そのものを遊びにするのをやめない。いっさいの約束ごとにとらわれず、どこまでも自由だからこそ、真剣に遊びに没頭する。たんに子どもっぽいだけともいえるが、ママやパパみたいにいい年をして「ごっこ遊び」を愉しめるのは、他人の思惑からも自分の妙なプライドからも解放されているからだろう。

気まま、ときどき反省

とはいえ、わが道をゆくムーミンたちにも弱点はある。適当に生きているようにみえて、そのじつ根はまじめなので、とつぜんふかく反省したりする。ただし、その反省がながくは続かないのも特徴である。

「預言者あらわる」がひとつの典型だろう。ある日、ひとりの預言者がムーミン谷にあらわれて、いっさいの束縛をふりすてて生きよと説きはじめる。これまでだって自由に生きてきたのだから、なぜいまさら生活態度を改めなければならないのかと、ムーミンママはふしぎでならない。しかし、例によって単純なムーミンパパやスノークの女の子は、やすやすと預言者のペースに乗せられてしまう。いつものパターンである。「南の島へくりだそう」でもそうだったが、ムーミンパパとスノークの女の子がまず変化にとびつき、優柔不断なムーミントロールはただ右往左往する。ひとりムーミンママだけが自分らしさを失わない。

預言者「食べよ、飲めよ、しあわせであれ！　自然に還れ！　自由でしあわせな生活に！」

ママ「わたしたち、これでけっこうしあわせですけど…」

預言者「いやいや！　しきたりや思いこみにとらわれてます。やりたいことをやりなさい」

（「預言者あらわる」）

ママ　「やりたいことをやってない？」

パパ　「さあ…　考えたこともなかったな」

ゆったりとした白い衣に花の冠をいただき、おだやかに愛と平和を説く預言者は、六〇年代に世界を席巻するフラワーチルドレンを予見させる。善意から生まれたその言動が、自由と解放をもたらすどころか、けっきょくは混乱と不寛容をまねくアナーキーに落ちこむ点においても。ともあれ、ムーミンパパは家族をすてて、木の上で暮らしはじめる。「自然に還ろう！　一度きりの人生だ！　義務感なんてやっかいなお荷物さ」とうそぶきながら、リンゴ酒のボトル片手に、アガサ・クリスティの推理小説を読みふける。もはや家族といっしょに暮らす気はないよ、とママに宣言する。「わたしはいつだって自由だったわ」と、ママはやっぱり腑に落ちないが、例によってパパの好きなようにさせておく。

やがて、パパはワイルドな生活の厳しさを知る。密造酒のマンハッタン・ダイナマイトを豪快にあおるほうが、リンゴ酒をちびちびやるよりもワイルドだが、あまり健康によいとはいえない。案の定、おなかと頭が痛くなる。飲みすぎるといつもそうだ。雨がそぼ降るなか、ひとりぼっちで野宿するのは寒くてわびしいが、おのれの愚かさを認めて、家にのこのこ帰るのはプライドがじゃまをする。しょんぼり木の上のねぐらに帰ってみると、雨露をしのげるように屋根が作ってあり、サンドイッチと頭痛薬までおいてある。ママの配慮だった。パパはほろりとする。こんなふうに最後には、だれもが自由な生活とやらに疲れはて、ムーミン屋敷に戻ってくる。

ほんとうの自由

ヤンソンはムーミンママを代弁するように、ある英文記事「自由とはなにか」（『ＰＨＰインターナショナル』一九七二年六月号）でつぎのように語った。

わたしがあの物語のなかで描こうとした家族は、しあわせであることがあまりにもあたりまえすぎて、自分たちがしあわせだということさえ知らない。かれらはいっしょにいて居心地よく感じ、互いにまったき自由を与えあう。ひとりでいる自由、自分だけの考えにひたる自由、だれかにうちあけたいと思うまでは、自分の秘密をあかさずに隠しもつ自由、そういった自由である。ふしぎなことに、かれらは互いに良心の呵責を与えあうことはなく、責任を、必要からひきうける義務としてではなく、愉しみながらはたすことができる。このユートピア的ともいうべき家族を、わたしはなにかしら敬意と驚きに近い感情でみつめてしまう。しかも、かれらがこの絶対的な自由をどのようにして手にいれたのかを、うまく説明できずにいる。

このような名前のない自由、いうならば説教くさくない自由をムーミン谷で体現するのが、やはり先の記事によればムーミンママとスナフキンのふたりである。とりわけ「人びとのただなかにあって、孤立するのではなく、まったく動じないという意味で、みずからの孤独を保っていられる」（同前）というのは、めったにお眼にかかれない資質である。

このようなめずらしい資質を、わたしは物語のなかでムーミンママによって代弁させようとした。スナフキンという名の放浪者もまたしかり。かれはそのときの気分にまかせて、やってきたかと思うと、ふいと去っていったりする。スナフキンの友人たちはかれが大好きだけれども、じっさいのところ、かれ自身が好きなのは、ひとりで歩きまわることだけなのだ。（同前）

なにものにもとらわれない自由を生きるムーミンママは、『少女ソフィアの夏』の主人公ソフィアの祖母のうちによみがえる。短い素描《スケッチ》を集めたこの作品は、表現や内容に若い読者への配慮がみられる点で、『彫刻家の娘』とおなじく「ヤングアダルト」に分類される。のびのびと育った少女ソフィア、仕事ばかりしているソフィアの父、そして老いた祖母。この三人が、互いに干渉しすぎるでもなく、さりとて放ったらかしにするでもなく、適度な距離をたもちながら、フィンランド湾沖の小島ですごすひと夏が描かれる。

ある日、ソフィアと祖母は招かれてもいないのに、こっそり隣島に上陸する。そこへ帰ってきた隣人とばったりでくわす。かなり気まずい。そもそもふたりが上陸したのは、隣島に「私有地」と「上陸禁止」と黒々と大書された看板が立てられたからだった。『ムーミン谷の夏まつり』で公園番と対決するスナフキンとおなじく、一方的な禁止だとか主張だとかが大嫌いなのだ。そんな無粋な看板がなければ、無断で上陸するなどという無作法はやらかさない。不法侵入をみとがめられても、祖母はあわてず騒がず、品位をたもって島暮らしの先輩らしく対応する。孤独を求めて島にやってきた、と豪語する隣人マランデルに、祖母はこんなふうに答える。


「孤独というのは」と祖母がいう。「たしかに、ひとつの贅沢ですよ」

「人を育てる、ですかな?」とマランデル。

祖母はうなずきながら、「ただね、人なかにいても孤独にはなれますよ、このほうがむずかしいですけどね」とつけ加えた。

（『少女ソフィアの夏』）

島に住みはじめたばかりで、孤独だの自然との共生だのを神秘化して語るマランデルと、島暮らしのヴェテランの祖母とでは、孤独にたいする考えかたにもおのずから成熟度の差がでる。それはまた、幼いころから七〇年以上、ほとんどの夏を島ですごしてきたヤンソン自身の実感でもあったろう。

ヤンソンはべつなインタヴューで、スナフキンの自由にはときとして自己中心的な弱さが混じらないでもないが、ムーミンママの自由にはそうした弱さもないと述べている（『サムティデン』一九八四年第三号）。たしかに、気分しだいでふらりと姿をみせては消えていくスナフキンのほうが、どうみても格好はいい。いつでも身近にいるムーミンママにたいしては、ともするとありがたみを忘れてしまいそうになる。しかし、自由であることにこだわる必要も感じないママのほうが、自由を求めて定期的に旅にでるスナフキンよりも、もしかするとはるかに自由なのかもしれない。年老いて身体的には不自由な面もある祖母のほうが、天衣無縫な孫娘ソフィアよりときとしてはるかに「ぶっとんで」いるように。

5　ラルスのムーミン

時間がない

ヤンソンは二〇代前半には、新聞や雑誌に短篇やエッセイを書いている。二〇代後半にはすでに、本業である油絵の個展をひらき、役所や教会の注文をうけて壁画を描く一方で、生活を支えるために雑誌や新聞に多くの挿絵をよせた。才能のあるエッセイストにして、前途有望な新進画家として、それなりに認知されていたといってよい。ただし活動領域はあくまで限定的であった。彫刻家とおなじく画家も、本業だけで食べていくのはむずかしい。油絵もそうそう売れないし、フレスコ画の注文もしょっちゅうはない。生計のために、雑誌の挿絵や本の表紙を描くが、食費と画材費をまかなうのが精いっぱい。厳しい冬がきても、ろくに暖もとれない。おまけに自転車操業で、つぎからつぎへと仕事をこなさねばならない。疲労と空腹と寒さで、本業に専念する時間と気力が削りとられていく。

だから一九五二年の春、新聞連載の申し出があったとき、ヤンソンは一も二もなく受諾した。日に三コマか四コマ描くだけで、経済的な心配をせずに「本業」に専念できる、と思ったのだ。ところが、思いがけない事態がもちあがった。時間がたりない、〆切に間に合わない、という切迫した感覚に苛まれるようになったのだ。連載を始めた一九五四年の年末から翌年にかけて、ヤンソンは、これまでになく多岐にわたる仕事に追われた。

忙しくなるときのつねだが、すべてがいっぺんにやってきた。なれない連載をかかえて、三度めの油絵の個展が迫っていた。久しぶりに本業での勝負である。いやがうえにも力が入る。テウヴァ教会の壁にフレスコ画も描いた。完成後、「うまく描けないときに山ほど悪態をついたので、お浄めはとくに念を入れてくれ」と牧師にいったという。よほど苦労したらしい。加えて、ムーミンシリーズ第五作『ムーミン谷の夏まつり』は最終段階にあった。連載漫画《コミックス》、油絵、フレスコ画、児童文学、どれもおろそかにできない。とにかく時間がたりなかった。それなのに『イヴニング・ニューズ』のチャールズ・サットンは、新聞購読者へのサービスとして、ムーミンの絵とメッセージを求めてきた。それも可及的速やかに。一九五五年、ヤンソンはサットンに返事を書いている。

「可及的速やかに」という表現には、わたしにとって翌日ではもう遅すぎるというニュアンスがあります。「一週間後に」のほうがはるかに与える動揺は少ないのです。わかりますか。どうやらわたしは愚かしい恐怖《フォビア》をいだいているようです。「わたしは――ぜったい――〆切までに――仕事を――仕上げられない」恐怖です。いつだって仕事を〆切までに仕上げてきたことは自分でもわかっているのに、どうしてもこの感覚を克服できずにいます。ムーミントロールと油絵とフレスコ画とをバランスよく保とうとするのは、もちろんわたしの勝手な願いにすぎないとしても、それはやむをえないことなのです。

いうまでもなく、時間がないという感覚は物理的な多忙を意味するにとどまらない。きわめて現実的な事実であると同時に、心理的な焦燥感でもある。どんなに時間があっても安心できないのは、連載漫画《コミックス》にふさわしいネタを探さねばならないからだ。契約して四年ほどでネタ探しにゆきづまった。仕事を始めた最初のうちは大はりきりで、思いつく最良のアイディアを惜しげもなくつぎこんでいくのだが、そのうちアイディアのわきでる泉が涸れてくる。やがてすっかり干上がってしまう。すでにムーミンたちはスキーを体験した。盛大なパーティをやり、ボートで海にくりだした。あらゆることをやりつくしてしまった。もう一度くり返すことはできない。

ヤンソンは一九七九年のある新聞記事で当時をこう回顧した。「そこで後悔するのです、ものすごくはげしく。初期のころの、ごく自然で、情熱にみちたアイディアを、ながく、ながく、どこまでも引きのばし、細部にわたって描きつくさなかったことを」。連載漫画《コミックス》ではつねに新鮮なアイディアが求められる。毎日の、ちょっとばかり目先の変わった驚きや笑い、それこそ夕刻に新聞をひろげる読者のささやかな愉しみなのだ。

ネタがない

「ムーミン、海へいく」の冒頭では「時間がない」や「しめきり」といった台詞がとびかう。最初のコマでムーミントロールがなにかを探している。例によって読者におしりをむけて。そこへパパがやってくる。

パパ　「どうした?」
ムーミン　「時間がないんだ…　はやくみつけなきゃ…」
パパ　「なにを?」
ムーミン　「この話を始めるきっかけだよ!」
パパ　「またなにか冒険を始めるのかい?」
ムーミン　「すぐにでもね!　しめきりは目の前なんだから!」

(「ムーミン、海へいく」)

あげくに、「読者のみなさん、どうしよう…」とメタフィクショナルな仕掛けにうったえる［図5－1］。けっきょく立派な船を造って、「タイフーン号」と命名し、大海原に乗りだすことに。大筋は『ムーミンパパの思い出』の焼き直しである。ネタに困ったらムーミンシリーズというわけだ。両方を比べて読むのも一興だろう。

ヤンソンはプロの画家である。絵を描くのは苦にならない。むずかしいのはネタ探しと粗筋《シノプシス》である。「作家のメモ」という短篇がある。作家とおぼしき主人公の「わたし」によれば、作品の素材はどこにでもある。使えそうな着想《イデー》に出会ったとき、「その尻尾をひょいと釣りあげさえすればよい」。そのためには、不断の努力をしなければならない。

わたしはいつも探している。ときには他人の土壌にまで足をのばして恥も外聞もなく徘徊し、拝借や盗用を重ねる。行く先々で聞き耳をたて観察する。もっとも噂を信じるならば、掛け値なしの大作家たちも似たような振るまいに及んだらしい。おそらくはもっと洗練さ

図5－1　読者にうったえる。「ムーミン、海へいく」より。

れたやりかたで。

（「作家のメモ」）

とはいえ、連載漫画《コミックス》でヤンソンが着想を得るために試みたのは、さりげない拝借や盗用ではなく、もっと直接的で単純な方法だった。他の人に粗筋《シノプシス》を委託することにしたのだ。連載漫画《コミックス》の世界で絵と文の分業はめずらしくない。作品の完成が遅れることやエピソードのマンネリ化を懸念していた『イヴニング・ニューズ』は、ヤンソンの提案をむしろ安堵してうけいれた。ただし発案者が代わっても「北欧的な味わい」は残すという条件がついた。イギリスでの「ムーミン」人気は、北欧に固有の素朴な印象にその一端を負っている、と考えていたからだろう。

ラルス、参入する

だが、だれに委託するのか。トーベ・ヤンソンはさんざん頭を悩ませたあげく、弟ラルスに白羽の矢をたてた。連載当初から、トーベの書いた台詞を英訳する仕事を一手にひきうけていた。その意味で最初からトーベの協力者だった。だからラルスが加わっても、連続性がそこなわれることはないだろう。

姉弟の共同制作第一弾は「タイムマシンでワイルドウエスト」（一九五七）だ。制作順でいうと第一四話にあたる。あきらかにH・G・ウェルズの『タイムマシン』（一八九五）を連想させる。ヤンソン姉弟は『透明人間』（一八九七）や『宇宙戦争』（一八九八）も利用する。「まいごの火星人」では、ムーミンパパがラジオをいじっていると、とつぜんニュースが聞こえてくる。「警告！　警告！　前代未聞の事件発生！　空とぶ皿型のUFOに乗った火星人が、地球着陸を企てています！　警告！　命にかかわる大事件…」。

もちろんオーソン・ウェルズ翻案による『宇宙戦争』のラジオドラマ（一九三八）のパロディである。全米で六百万のリスナーがラジオのニュースだと勘ちがいし、百万人がほんとうに教会やターミナル駅に押しよせたというこの有名な事件は、ヤンソン姉弟も知っていた。さすがにムーミンたちは逃げださないが、火星人の円盤からもちだした機械をパパがいじっていると、透明ムーミンになってしまう。シルクハットがちょこんと宙に浮き、スグリジュースを飲むと、ジュースがくにゃくにゃと腸壁をつたっていく［図5－2］。

ともかく、トーベ・ヤンソンはラルスの名を告げずに、「タイムマシンでワイルドウエスト」を『イヴニング・ニューズ』本社に送った。共作者の素性

図5－2　透明パパ。「まいごの火星人」より。

をあかして先入観を与えたくなかったし、判断に情状がまじるのを避けたかったからだ。編集者フィップスは返事をすぐによこした。粗筋《シノプシス》にある「神の名にかけて」といった類の表現は、これまでの「ムーミン的伝統」に合わないし、イギリスでは信仰はデリケートな問題なので避けたほうがよい、など具体的な指摘をしたあとで、「今回の粗筋《シノプシス》のあたらしさは、もしや、ほかの作家との共同制作の結果なのか」と尋ねてきた。さすがに連載漫画家ヤンソンの「指南役」を務めただけのことはある。表現や台詞のちょっとした変化をみのがさなかったのだ。しかし大筋ではこの変化を評価した。ヤンソンがどれほど粗筋《シノプシス》作りで苦労していたかを知っていたからだ。

一方、ムーミンの「生みの親」を自任していたサットンの反応は微妙だった。この作品を諸手をあげては歓迎しなかった。開拓時代のアメリカ西部を舞台にしたドタバタ喜劇には抵抗があったらしい。サットンは一九五七年の手紙でその理由を述べる。

ムーミンの家族は、現実の世界にやってくると、その魅力と意義をすっかり失ってしまいます。わたしの考えでは、ムーミントロールはあくまでムーミントロールであり、ムーミン谷はあくまでムーミン谷なのです。ムーミントロールはいかなる人間にも似ておらず、ムーミン谷は現実のいかなる土地や国にも似ていません。それ以外の場所でやると頭がおかしいと思われることでも、ムーミンの世界ではやってよいのです。

おなじような理由でサットンは、ヤンソンの単独作「南の島へくりだそう」も好まなかった。とくに当初の題名「リヴィエラのムーミン」は現実的すぎると却下した。カジノだの高級ブティックだのホテルだのと、かなりスノッブな内容はともかく、あまりに生々しい具体的な地名は興ざめだ。ムーミン谷が「どこにもない場所《ユートピア》」である以上、ユートピアの住人たちとリヴィエラ海岸という地名はミスマッチであろう。なにものにも替えがたいムーミン谷の牧歌的な雰囲気は、サットンの考えでは、目先の話題性や娯楽性よりも重視すべきものだった。

時間をとりもどせ

それでも大筋において「タイムマシンでワイルドウエスト」は編集部のお墨付きを得て、ラルスは正式にトーベの共同制作者として認知された。こうして一九五七年以降、絵はトーベの担当で、粗筋《シノプシス》はラルスの担当といった、ゆるやかな役割分担が生じることになる。トーベ自身も粗筋《シノプシス》の仕上げに参加したとはいえ、やはりラルス発案の話はそれとわかる。つづく第一五話「あこがれの遠い土地」もタイムトラベルものである。ただしサットンの意向をうけてなのか、ムーミンたちが訪れるのはどこやらの外国ではなく、一八世紀のムーミン谷である。これら二作はいかにもSF好きのラルスらしい作品である。

とはいえ、「時間がない」という切迫感から生まれた共同制作の第一弾が、時間がらみのドタバタというのも、考えてみれば意味深長である。時空を自由にこえていくタイムマシンがあれば、時間の制約から解放された生活が送れるだろう。時間がなくなったら、いつでも必要なだけ過去にさかのぼって、時間をとりもどせるのだから。この当時、トーベ・ヤンソンは時間に追われる生活に心底うんざりしていた。時間に支配されるのではなく支配したいという、せつなる願望の表れだったのかもしれない。

ラルスの協力により完成した二作「タイムマシンでワイルドウエスト」と「あこがれの遠い土地」には、SF的要素と現実空間への言及という特徴に加えて、これまで以上に社会諷刺やパロディ精神が発揮される。これらもまたラルスの得意分野なのだ。そこにトーベが味付けをほどこす。社会諷刺やパロディといえども「ムーミン的伝統」から逸脱すべきではないからだ。いくらSFだからといっても、あたりまえの精緻なタイムマシンを描くのでは芸がない。そこで工夫がこらされた。

パパが時計とミシンの修理にかかるシーンで物語は始まる。まずは分解である。案の定、分解した両方の部品がごっちゃになる。それでもパパは、「機械となると、記憶力には自信があるんだ」と意気ようよう、両方ともきっちり直してみせるといいはる。ムーミンシリーズ第四作『ムーミンパパの思い出』では、機械に弱いのが数少ない欠点のひとつだと白状していたくせに。「数少ない」と断わるあたり、自慢しているのか謙遜しているのかわからないが、コミックスのパパはその欠点さえ克服しているらしい。「ミシンは上下に動く部品、時計は小さくて回る部品」というぐあいに、理路整然と分別すればよい。ミシンを組立てて、残ったのが自動的に時計の部品、というわけだ。ところがミシンを完成させたところ、時計の部品がひとつも残っていない。完成した機械はミシンとは似ても似つかない代物だ［図5－3］。これがタイムマシンだった。この顚末に言葉遊びが込められているのは明白だ。そもそも「ミシン」とは縫うための「機械《マシン》」である。これは英語でもスウェーデン語でも変わらない。パパが意図せずして作りあげた機械《マシン》は、ミシンと時計（＝時間）の合体から生まれた。つまり、文字どおりの時間機械《タイムマシン》なのである。

図5－3　パパ作のタイムマシン。
「タイムマシンでワイルドウエスト」より。

黄金のしっぽ

トーベとラルスの共同制作は全部で七話ある。

基本的には、一九五七年以降の掲載作品はすべてラルスの粗筋《シノプシス》にもとづく。唯一の例外は第一八話の「黄金のしっぽ」(一九五八)で、わりあい深刻なテーマを扱っている。

ある日、ムーミントロールのしっぽの毛が抜けてきた。しっぽはムーミンたちにとって大切な器官だ。のみならず、その先端は毛のある唯一の部位でもある。それが薄くなってきたのだから、たいへんな問題である。レントゲン写真までとって調べるが、治療法はわからない。はっきりしたのは「悪性単細胞と重症理想主義」をわずらっていることだ。検査するまでもないことなのに、単純なムーミンたちはえらく感心する。けっきょく、ムーミンママの調合した魔法の薬のおかげで、しっぽの毛がふたたび生えてくる。ところが、この毛が純金だったので、ますます事態がややこしくなる。

黄金のしっぽの持ち主として、ムーミントロールは一躍アイドルとなる。どこへいっても注目の的となり、サインを求められる。新聞インタヴューにはじまり、ファンレターの山、テレビ出演、伯爵家のパーティなど、つぎつぎと事件がおこる。ムーミントロールは名士扱いされて満更でもない。この手の騒ぎが大好きなスノークの女の子やムーミンパパはいうまでもないが、ふだんは動じないムーミンママまで浮き足だってしまう。黄金のしっぽをみせびらかすために、わざわざわが子をつれてフィリフヨンカの家の周りを歩きまわり、あげくに「ぼうや、あなたが誇らしいわ」と臆面もなくいう。

しっぽが黄金になったからといって、だれが偉いわけではない。中身はちっとも変わっていないのに、とつぜん周囲の扱いが変わる。外的な変化に泰然としているのは、けっこうむずかしい。ちやほやされるのに慣れていないムーミンたちが舞いあがるのも、むりはない。そんな騒動を尻目に、「ばかなやつらだ」と、ひとりスナフキンだけが冷静さを失わない。まさに多くの読者が期待する格好よさ全開で、スナフキン語録ともいうべき決め台詞も多い。

パパ　「ともかく、記事を応接間にかざろう」
ムーミン　「レントゲン写真と並べて」
パパ　「わが子よ、誇らしいぞ！」
ママ　「いい子ね！」
スナフキン　「くりかえすが、気をつけろ。名声というのは危険な代物だぜ」
（「黄金のしっぽ」）

危険な名声

ここで思いだすのはムーミンシリーズ『ムーミンパパの思い出』のヨクサルの名言である。ムーミンシリーズの読者なら知っているように、ムーミンパパがパパになる前の若き日の冒険を描いた『ムーミンパパの思い出』を信じるなら、スナフキンの父親はパパの古い友人のヨクサルらしい。ただしパパ自身が白状するように、「近ごろではめっきり記憶力もおとろえたし、ちょっとした強調や取替えもなくはないので」そのまま鵜呑みにはできない、という留保がつく。

ヨクサルは「なるようになるさ」がモットーで、パパにいわせると、のらくらと「眠たげなネコのような生活」を送っている。パパとその親友で発明家のフレドリクソンが、「これまでだれもやったことのないなにかをやって」有名になろうと、若者らしい夢を語りあっていると、ヨクサルはぽつりという。

有名になるのって、そんなにたのしいかな。ぼくはそうは思わないね。はじめはそうかもしれないけど、そのうちなれっこになって、しまいにはうんざりするのさ。メリーゴーラウンドに乗るのとおんなじだね。

（『ムーミンパパの思い出』）

メリーゴーラウンドも初めの一回や二回はわくわくするが、何回も何回も乗っていると、うんざりしてくる。馬に乗っていても、どこかにいくわけではない。ぐるぐる回りながら、上に下にと動きながら、いつまでも同じ光景を眺めているのだ。黄金のしっぽの持ち主として一躍有名になって、ファンレターがどっさり届くようになったムーミントロールも、これと似たような感想をいだく。最初は有頂天になって返事を書く。第一週の返事は丁寧に長い文面である。やがて一週ごとに文面が変わっていく。刻々の変化が内面の変化をみごとに伝えて笑わせる。

あなたがぼくの黄金のしっぽをすばらしいと思ってくださることでぼくがどれほどしあわせを感じているか、おわかりにはならないでしょうね。あなたのすてきな言葉のひとつひとつを、ぼくはぜったいに忘れません。あなたの手紙を額に入れました。ぼくの家にきていっしょに住んで、友だちになってください。またすぐに手紙をくださいね。このしあわせ者のムーミントロールに！

ぼくの黄金のしっぽをすてきだと思ってくれるなんて、こんなに楽しいことはありません。そのうちいつか会えるといいですね。

あなたの友だち、ムーミントロール

あなたの手紙はとてもうれしかったです。ご多幸を祈ります！　ムーミントロール

すてきな手紙ありがとう！

ムーミン

（「黄金のしっぽ」）

すでにヤンソン自身が、名声の危険性を感じはじめていた。コミックス「ムーミン」のおかげで、北欧の芸術家トーベ・ヤンソンは世界的な人気作家となった。ムーミントロールとおなじく、ヤンソンも突然のスポットライトに当惑しながらも、誇らしくもあり、ときに煩わしいと思うこともあった。やがてヤンソンはムーミントロールにたいして、両義的な感情をいだくようになる。最大の原因は、時間的にも心理的にも、絵筆をとる余裕がなくなったことだ。

一九五二年の春に交わした七年契約の期限が迫っていた。半年前の一九五九年六月までに更新か否かを決めねばならない。一九五九年二月、ヤンソンは『イヴニング・ニューズ』に手紙をしたため、契約を更新する気がないことを伝えた。いまや自分とムーミントロールとの関係は倦怠期の夫婦にも似ていると、冗談をまじえて。これ以上、自分を強いて連載漫画《コミックス》を続けていると、ムーミントロールが嫌いになるかもしれなかった。

ファミリービジネス

作者の複雑な心境をよそに、ムーミンの名声と人気は衰えることを知らなかった。はやくも一九五六年には、フィンランドの批評家ヨラン・シルツが、トーベ・ヤンソンという稀有な天分をもつ芸術家によって連載漫画《コミックス》が真の芸術であることが示されたと讃えた。その数年後、イギリスの有名な諷刺雑誌『パンチ』（一九六二年十一月二〇日号）は、「ムーミン」を「ロンドンの諸新聞に連載された漫画のなかの最高傑作」と評した［図5-4］。ヨーギー・ベアやスヌーピーを抑えての一位である。『イヴニング・ニューズ』としては、これほどの人気連載を打ち切る気はさらさらない。契約上、「ムーミン」連載の継続または中止を決める権限は、作者のトーベ・ヤンソンではなく『イヴニング・ニューズ』にあった。しかも新聞社には、べつの漫画家を指名して「ムーミン」を続ける権利もある。

図5-4　『パンチ』（1962年11月20日号）。
題字下のコマには、左から、ムーミン、ヨーギーベア、スヌーピーが並んで登場している。
「その犬を止めてくれ」（ムーミン）
「あいつは並の犬じゃないぞ」（ヨーギーベア）
「この犬はもう止まってます」（スヌーピー）

トーベはいちばん信頼できるラルスを後継者にしたかったが、ラルスに画家の素養はない。いかに器用でも絵は描けまい。迷っていた姉と弟を決意させたのは、母シグネの鶴の一声だ。「トーベがやめて、ほかの作家にまかせるくらいなら、ラルス、あなたがひきつぎなさい。この仕事は家族の者が続けるべきだから」と。これで決まった。トーベは新聞社にラルスを後継者にと申し入れ、従来のように粗筋《シノプシス》を考えるだけでなく、ラルスが絵も担当することになる。

ムーミンコミックスはヤンソン家のファミリービジネスとなった。トーベの「ムーミン」とラルスの「ムーミン」は、それぞれ内容的にも絵柄的にも別物だが、一方が本物《オリジナル》で他方が亜流《エピゴーネン》というわけではない。これもまたコミックスの「ムーミンのふたつの顔」なのである。

一九六〇年以後、「ムーミン」は完全にラルスの作品となる。じつに一九七五年までの一五年をかけて、全五二話が世に送りだされた。年月からいっても作品数からいっても、ラルスの活動ぶりはトーベをしのぐ。やがてラルスが独自性をうちだすにつれて、コミックス版「ムーミン」はより諷刺的な要素を強めていく。もちろん時代のせいもある。その典型が「まよえる革命家」だ。なんにでも反対する自称「過激派」の青年がムーミン谷にあらわれて、ナイーヴなムーミンたちを巻きこんで大暴れをする。長髪をなびかせ、ゆるやかなチュニックにアクセサリーをつけた外見は、まさしく六〇年代のヒッピー（フラワーチルドレン）を思わせる。一方、「帝国主義者」「抑圧者」「社会の既成秩序」といった大げさな物言いは、六八年の五月革命やヴェトナム反戦の闘士たちのパロディだろう。

一方、トーベ・ヤンソンが絵を描いた最終話「イチジク茂みのへっぽこ博士」はかなり変てこな話だ。これが最後の作品だからなのか、恋のかけひきあり、ムーミンママの活躍あり、ユーレイ騒ぎあり、精神分析のパロディあり、と出し惜しみなくアイディアがもりこまれている。なにより最終コマが強烈である。

精神分析医のシュリュンケル博士がムーミン谷にやってきて、イチジク茂みの空き家に住みつき、物語は急展開を迎える。シュリュンケルに眼をつけられたムーミントロールは、「きみはフクザツな潜在意識のかたまり」だと指摘され、鉄分と染色体の入った「最高のリラックス剤」を飲まされる。ところが爽快どころか、もやもやと妙な気分になる。まるで黄金のしっぽのときみたい、と思うまもなく、からだがどんどん縮んでいく。スノークの女の子が縮み治療薬を、すでに姿もみえないムーミントロールに注ぐシーンで、物語は唐突に終わる。「フクザツな潜在意識のかたまり」を解消する薬を飲むやいなや、ムーミントロールは跡形もなく消えてしまったのだ［図5-5］。

まるで愛読者への餞別とばかりに、ヤンソンは最後の最後でムーミントロールの秘密をあかす。あけっぴろげでおひとよしで甘えんぼうで、レントゲン診断によると「悪性単細胞と重症理想主義」患者のムーミントロールも、じつは「フクザツな潜在意識のかたまり」だったのだと。

最終コマが主人公ムーミントロールの消滅で終わるのは、たんなる偶然とは思えない。トーベ・ヤンソンの連載漫画《コミックス》「ムーミン」は、このコマをもって決定的に幕を閉じた。すぐにラルスの手になる第二二話が始まる。その「ムーミン」は例の薬で復元甦生《そせい》したムーミントロールを主人公とする、ある意味で、まったくあたらしい物語になるはずだ。ムーミントロールの消滅騒ぎは、トーベからラルスへの完全な委譲をあらわす儀礼的な仕草だったのかもしれない。

消えゆくムーミン

新聞社との当初の約束にたがわず、トーベ・ヤンソンは新聞掲載の半年前に「イチジク茂みのへっぽこ博士」を完成させた。季節は夏のまっさかり、場所はトーベとラルスが共同で借りていたブレド岩礁《シエール》と呼ばれる島である。トーベが最後のコマを描きおわる瞬間を、いまかいまかと待ちかまえていた仲間がいた。厳しい批評と適切な助言で励ましてくれたシグネ、重荷をいっしょに背負ってくれた共作者のラルス、そして友人のトゥーリッキ・ピエティラ（もしくは創意工夫にとんだ作中人物トゥーティッキ）である。

図5−5　ムーミンが消えてしまった!
「イチジク茂みのへっぽこ博士」より。

連載打ちあげの記念すべき日のために、三人はトーベに内緒で上等のシャンパンを準備した。トーベが大声で「終わった」と叫ぶと、勢いよくはじけとぶシャンパンの栓と同時に、三人から祝福の声があがった。トーベは乾杯をして、一気に飲みほすと、まばゆい北欧の夏を心ゆくまで味わうために、島の小屋の前にある一本の木によじ登った。

その三七年後、トーベはエッセイ『島暮らしの記録』（一九九六）を刊行している。一九六五年から九一年までの春から夏を、ときには春から秋までをすごした小島クルーヴハルでの日常を、トーベ・ヤンソンが淡々とした筆致で描き、グラフィック・アーティストのピエティラが淡彩《ウオッシュ》や腐食銅版《アクアチント》を添えた。簡潔な文章とモノクロームの挿絵がみごとに補いあう。『島暮らしの記録』の一節を読むと、〆切に追われた漫画家時代とは異なる時間の流れを感じる。

> ふたりきりで暮らすと口数が減る。すくなくとも島の上では。話の中身はほとんど日々のできごとにかかわり、毎日がつつがなく過ぎてゆくにしたがい、いよいよ口数は減っていく。あまりに静かになると、わたしは坂道にでる。鷗たちが声も嗄れよと啼いていないときにも、生命力あふれる風雨ならいつでも期待できる。ときおり静寂の極みに耳を澄ますと、地の奥やナナカマドの根の下やヴェランダの陸橋の蔭で、とりわけ夜間に、ひっそりとたえまない蠢動が感じられもする。さらに霧の

なかでは船が叫び声をあげる。

空気が濃くなって霧になるたびに、ほら霧になったよと互いにいいあう。やがて、なったよというだけになり、そのうち話題にもならなくなる。（『島暮らしの記録』）

疾風《シュトゥルム》怒《ウント》濤《ドラング》の日々を思いだし、平々凡々な現在の自分がいやになるムーミンパパのように、ヤンソンもわれながら退屈な連中になりさがったものだと嘆息するが、それでもこんな想像をする。たまたま島のそばを通りかかった人が、灯のともった窓をみて、思わず島に上陸し、ふと窓から小屋のなかをのぞく。そして、「ふたりの人間がランプのある机を挟んで向かいあい、言葉をかわす必要もなく、それぞれが自分の仕事に専念する、そんなのどかな情景を眼にする」。それはそれで悪くない、とヤンソンは思う。

フィンランド湾沖に浮かぶ小島に、一日刻みで迫りくる〆切は存在しない。粗筋《シノプシス》や台詞を丹念にチェックする編集者もいない。電話もファクスもない。手紙類は近くの大きな島の雑貨屋の主《あるじ》が三日おきに運んでくる。島では時計すらも意味を失う。一九八六年のインタヴューで、ヤンソンは島の生活をこうふり返っている。

島をぐるりと歩く。だれもこないし、でかける必要もなく、心はいたって安らかだ。

ずいぶん前から時計は止まったきりで、靴をはかなくなって久しい。足裏はみずから道をさぐり、したたかに自立して、手のように官能を知るようになり、砂や苔、海藻や岩を、歓びをもってじかに感じとる。衣服は柔らかく軽やかで、髪とおなじく、とうに色を失っている――浜辺の草に似て、自分自身のよき相棒となる。めったに口をきかず、ぜったいに質問をしない、いっしょに生きていける相手だ。（トルディス・オリャセッター『トーベとの出会い』）

さて、連載打ちあげの乾杯のあと、トーベは木によじ登った。木登りは神聖な儀式である。家族の絆の象徴でもある。だからコミックスの第二話で、ムーミンパパが再会した息子に最初にみせようとしたのが、自慢の「木登り用の木」だったのだ。それだけではない。木登りはヤンソンが子ども時代から敬愛するターザンの得意技でもある。だから、これぞという節目には木に登る。もうすぐ四五歳になろうとしていたが、そんなことには頓着しない。しばらくひとりで枝に腰かけて空を眺めた。もう時間に追われずにすむ。すばらしく爽快な気分だ。そして涼やかな風に吹かれていた。

『彫刻家の娘』の少女も木によじ登って、風に吹かれるのが好きだ。「ママのおなかにいつまでもいられないのなら、高い木のてっぺんにすわるのがいちばん安全だと思う」からである。

6　冬のムーミン

夏から冬へ

ムーミンシリーズ第五作『ムーミン谷の夏まつり』と第六作『ムーミン谷の冬』とでは、あきらかに挿絵の筆致《タッチ》に差がある。さらには内容的にも『ムーミン谷の冬』は分水嶺とみなしうる。そこで、第一作から第五作までをシリーズ前半、または夏のシリーズ（以後「夏」）、第六作から第九作までをシリーズ後半、または冬のシリーズ（以後「冬」）と呼びたい。

「夏」と「冬」はそれぞれ「ムーミンのふたつの顔」を浮きぼりにする。あいついで迫りくる天変地異の脅威にもかかわらず、ひたすら陽気でお気楽でときにばかばかしい冒険をくりひろげる「夏の顔」と、自然の厄災に心の葛藤がかさねられて、多くは家族がばらばらに問題をかかえこみ、ときとして深刻な孤独や不安にさいなまれる「冬の顔」である。単純化のそしりを怖れないならば、軽妙な愉しみを要請される「夏」的なエッセンス満載の連載漫画《コミックス》が、いわば一種の反動によって、その後のヤンソンをより深刻な試練をひめた「冬」の探求へとむかわせた、といってもよいだろう。それはまた、コミックスでおとなの読者を相手にする経験をつんだヤンソンが、ムーミンシリーズにおいても意識的に語りかける対象として、従来のように「子どもの読者」だけではなく「おとなの読者」をも考慮しはじめたことを意味する。

それはまた、意図的な言い落としや絶妙な象徴をもちいて、「行間を読み」「沈黙を聞く」ように読者をうながすことをも意味した。太陽がくまなく照らす「夏」の明るさから、そこかしこに薄闇がひそみ、得体の知れない音がざわめく「冬」の曖昧さへと、ムーミンの物語は舵を切った。文章においても挿絵においても、あざやかでくっきりとした原色の世界から、微妙な濃淡差のある白黒の世界へと移行しつつ、作家にして画家でもあるヤンソンの筆はあらたな境地をひらいていく。

ムーミンシリーズの「冬」では、孤独や老いや不安や自意識といった主題が顔をのぞかせる。『ムーミン谷の十一月』では、児童文学作家ヤンソンは抽象的な語を使うことなく、子どもの感性や想像力に直接うったえかける比喩や筆致をもちいて、トフトの孤独、フィリフヨンカの不安、スクルットおじさんの老い、ヘムルの傷ついた自意識などを、みごとに描きだした。『ムーミンパパ海へいく』では、ムーミンの家族もまた、悶々とする葛藤や疑心暗鬼の苦しみを知る。パパもママもムーミントロールも孤独とむきあう。物理的には小さな島で互いに鼻をつきあわせて生きているのに、心は救いがたく離れ離れになっていく。あれほど固い絆でむすばれた家族も、寒々しい光景にさらされて空中分解の危機にみまわれるのだ。ただし、おそらくは子どもの読者への配慮もあって、こうした負の側面をもつ主題が扱われるときは、かならずユーモアやパロディの隠し味でほどよく料理されていた。これが「冬」に固有の懐の深さであり、児童文学作家ヤンソンの腕のみせどころでもあった。そしてそこにはもちろん、挿絵の力も欠かせない。

絵に語らせる

芸術家としてのトーベ・ヤンソンは、新聞連載漫画家というある意味でかなり独特な経験によって、いったいなにを得たのだろうか。たしかに、連載をやめるときの発言や手紙には否定的なニュアンスが強い。それほど精神的に追いつめられていたのだろう。しかしヤンソンが経験したのは負の側面だけではない。連載漫画《コミックス》という媒体《メディア》との格闘をつうじて、文と絵をたくみに使いわけ、互いを関連させつつ、しかも互いの独立性をたもつ、という絶妙なバランス感覚を修得することになる。逆に、すでに児童文学でみられた文章と挿絵の二重テクスト性は、コミックスという場を得ていよいよ尖鋭化したといってよい。

元来、ヤンソンは文と絵の両方で勝負する芸術家である。もしもムーミンシリーズの挿絵を描いたのがヤンソン以外の画家であったなら、あれほど読者の想像力をかきたてただろうか。作家であると同時に画家でもあったから、あえて文章にはせずに、挿絵に重要なメッセージをたくすことができた。逆に、画家であると同時に作家でもあったから、あえて挿絵で説明せずに文章に語らせて、想像力をより生き生きと刺戟することもできた。ヤンソン自身も一九七八年のインタヴュー（『ブックス・フロム・フィンランド』一九七八年第三号）で画家をかねうる作家の「幸運」について語った。

子どもの本に挿絵は必要だと思っています。そしてなんらかの幸運によって、作家が挿絵も描くことができるとき、あらたな種類の統一性が生まれるでしょう。そのうえ、挿絵画家と仲たがいをする危険をおかさずにすみますしね。なにが求められているか、自分でよくわかっているのですから。

この幸運はなによりもムーミンシリーズで完璧に生かされた。たとえばムーミンたちの姿かたちは文章では明記されていない。作家ヤンソンの頭のなかのイメージを、画家ヤンソンは腕をふるって視覚化すればよいのだ。詳細に言語化する必要はない。逆に、シリーズ第六作の『ムーミン谷の冬』に登場する氷の女王は、言及はされるが挿絵には描かれない。女王を乗せて走るとされる氷の馬や、女王の顔をまともにみて凍ってしまうリスは描かれるのに、氷の女王自身の姿はどこにもない。ほんとうに美しいものや、ほんとうに怖ろしいものは、生半《なまなか》な視覚化にはなじまない。画家が筆を控えることで、読者は想像する愉しみを手にする。ヤンソンは一九七三年のインタヴューで、挿絵と文章のつかずはなれずの関係を指摘する。

挿絵《イラスト》とは、文章《テクスト》にたいする欄外注または配慮のようなものです。絵は想像力を制限するのではなく飛躍させるべきものです。ですから挿絵には明確に規定されえない要素も含まれてよいのです。描かれずに残されたものは、かたちを与えられたものとおなじくらい重要だからです。

ヤンソンは画家である。あるいは、絵をも文章とおなじくテクストとしてあやつる作家だった、というべきだろうか。じっさい、ヤンソンは説明的な文章を好まない。わざと状況や細部を曖昧なままに残し、読者の想像力に大きな余地を与える。ゆえに読者はときに行間を読む作業を求められる。このあたりに、『ムーミン谷の冬』以降のムーミンシリーズやその後のポストムーミン小説につきまとう、ある種のとっつきの悪さの一因があるのかもしれない。そして逆に、それこそが魅力といえなくもない。

空白と沈黙の力

ヤンソンは絵においても文章においても、空白あるいは沈黙のもつ喚起力、すなわち想像力や解釈を呼びおこす力をよく知っていた。あえてすべてを描かないこと、すべてを語らないことが、どれほどゆたかな反応をひきおこしうるかも。ときすまされた空白と沈黙のなかで、相手への敬意のなかで、創り手と受け手がひっそりと出会う。だから古代中国の水墨や日本の淡彩が好きだった。戦後まもない一九四六年、前年にチェコで歿《ぼっ》したフランスの詩人ロベール・デスノスの詩のために、ヤンソンは一頁大の挿絵を描いている。ヘルシンキの先端的芸術誌『１９４６——文学・芸術・演劇』（第四号）に載ったその絵は、どことなく中国の山水画を思わせなくもない［図６−１］。

日本の少女タミコとの往復書簡（ただしヤンソンの返信はない）という体裁をとった短篇「往復書簡」では、旅へのあこがれや孤独をうたった俳句（形態から判断すると和歌）が効果的に使われる。俳句（あるいは和歌）という禁欲的な文学ジャンルを愛したのも、あえて描かずにおく、あるいは語らずにおくという姿勢に、空白や沈黙への敬意を感じとったからだろう。

短篇「狼」では、日本人の画家シモムラが登場し、ヤンソン自身とおぼしき女性が画家を案内する。シモムラ氏はほとんど英語を話さないので、ふたりのあいだに会話らしい会話もない。しかし主人公はシモムラ氏の画家としての腕前にいたく感服する。手法が淡彩かどうかは不明だが、シモムラ氏は「意識的で、剛胆で、比類なく叙情的な、ほんの数本の描線」をあやつる。ほんの一瞬その片鱗をかいまみただけで、みずからも絵心のある女性は確信する。この画家はきっと獰猛にして情感をたたえた筆致で、「いままで描かれたなかで最高に生気みなぎる狼」を描くだろうと。

ヤンソンは石庭も好きだった。一九七一年に初来日したとき、京都の龍安寺をおとずれ、枯山水や石庭を眺めて時をすごした。ヤンソンは木や草や花や苔をこよなく愛する。しかし同時に、まともな木といえばナナカマドが一本あるだけの、小さな岩島をも愛した。フィンランド湾沖にぽつんと浮かぶ孤島クルーヴハルで、一九六五年から一九九一年まで、ほとんどの春から夏をすごしてきたのだ。計算されつくした石庭とは質的に異なるとはいえ、砂と岩だけの空間には慣れている。ヤンソンの石庭への関心は来日がきっかけではない。この関心はすでに一九五五年には確認できる。コミックス「おさびし島のご先祖さま」には、ムーミンママが石庭の本を読むシーンがある［図6－2］。バラやリンゴの木

図6－1　デスノスの詩「夜明け」につけたヤンソンの挿絵。

をはじめ、ガーデニング全般に関心のあるママだが、一見そっけなくみえる石庭も満更ではないらしい。

　ところで、連載漫画《コミックス》における空白や沈黙は、じょうずに使いこなすならば、動きや変化の躍動《ダイナミズム》をうながす要素となりうる。それぞれのコマが提供するスペースは、絵を描きこむにしても台詞を考えるにしても、きわめて限られている。求められるのは積みかさねではなく削りおとす作業だ。一九八四年の新聞インタヴューで、ヤンソンは「三五の言葉を使うところを五つですませるべく文体を切りつめる習癖《マニア》」があると語った。くる日もくる日も、視覚化と言語化の作業に真剣にとりくんだ七年は、この「習癖」に否応なく磨きをかけたにちがいない。そして、たぐい稀なバランス感覚にも。

　限定的な素材を使って最大限の効果を得るために、視覚と言語をたくみに補完させあうこの能力は、その後のヤンソンの創作活動で存分に生かされることになる。まずは児童文学のムーミンシリーズにおいて。子ども相手だからこそ、むやみにむずかしい言葉やこみいった表現を使わずに、しかも多層的な読みを可能にする内容をもりこむ。ヤ

図6−2　石庭の本を読むムーミンママ。
「おさびし島のご先祖さま」より。

ンソンはいましばし児童文学の領域にとどまりつつ、この絶妙な技倆を完成させていった。

魔法《トロール》の冬

あらためて『ムーミン谷の夏まつり』と『ムーミン谷の冬』の挿絵を比べてみよう。ムーミントロールの変貌はあきらかだ。後者のほうが、より丸みをおびた体型、より大きな眼、全体的により愛敬のある容貌である。さらに『ムーミン谷の冬』以降、粗筋《シノプシス》や挿絵の素描《スケッチ》の数が以前より多くなる［図6-3］。じっさい「冬」の作品群にはより綿密な計画性が認められる。そして「夏」の作品群にみられる物語や挿絵の構成上のゆるさ（それはそれで大きな魅力でもあったのだが）は、『ムーミン谷の冬』以降、すっかり影をひそめる。連載漫画家として厳しい要請をこなすなかで、ヤンソンは作家としても画家としても着実に脱皮をはたしていったのだ。

コミックスでは、さんざん陽気な冒険や罪のないジョークを追求してきた。いまさらムーミンシリーズでも似たような主題を扱う気にはなれない。そこでヤンソンは根本的な方向転換をはかる。『ムーミン谷の冬』では、主題と挿絵の両方において、心理的な孤独と不安を前面に押しだしたのだ。

これは同時に、ムーミントロールが真に一枚看板の主人公となったことを意味する。

図6-3 『ムーミンパパ海へいく』のためのヤンソンのスケッチ。
（フィンランドのオーボ大学図書館蔵）

これまでのムーミントロールはどちらかというと影の薄い主人公だった。スナフキンやミイほどの強烈な存在感はなく、物語の展開をすすめる狂言回し的な役割に甘んじていた。たいへんな甘えん坊で、なにかというとママに頼りっぱなしで、みていてときどき歯がゆくなる。

ところが『ムーミン谷の冬』のムーミントロールは、冬眠中の家族をよそに、ひとり眼がさめてしまう。ママでさえ、どんなにゆり動かしても起きてくれない。いざというときに頼りになるスナフキンも、春になるまで谷には帰ってこない。はじめてひとりで向きあう冬は、得体の知れない闇の生きものであふれている。なじみのない世界に放りこまれ、ママやスナフキンの助けをあてにせず、闇の生きものたちとなんとか共存するすべを探っていくプロセスをつうじて、ムーミントロールはようやく主人公として一枚看板をはった、といってよいだろう。

ムーミントロールの孤独と不安を際立たせるのが、本作であきらかな変貌をとげた挿絵だ。七〇枚近くと従来よりも枚数もふえた。加えて、圧倒的にムーミントロールの絵が、それもひとりでいる絵が多い。たとえだれかといっしょであっても、ムーミントロールの異質性が強調される。全頁大の挿絵は四枚あるが、うち三枚は他者との違和感を際立たせる構成である。冬眠するムーミンママが［図6-4-①］、冬の大かがり火を囲む闇の生きものたちが［図6-4-②］、そして話が通じない「ご先祖さま」が［図6-4

―③］、それぞれにムーミントロールの孤立と孤独を浮きあがらせる。

そして最後の全頁大の挿絵は、すがすがしい春の風をうけて戸口にすっくと立つ、ムーミントロールがひとりで描かれる［図6―4―④］。さまざまな体験をへて物理的にも心理的にも「ひとりだち」し、疎外としての孤独を乗りこえたことが、視覚的にも象徴的に宣言されているのだ。これら四枚がすべて黒っぽいのは偶然ではない。光と暖かさにみちた「夏」とは一転して、闇と寒さに閉ざされた「冬」を描くために、ヤンソンはスクラッチボードを多用した。スクラッチボードとは、黒い厚紙を細刃のナイフでひっかき、白い線を浮きあがらせる手法だ。白が基調となる従来の「夏」と異なり、「冬」では黒が基本なのである。

単独で描かれるのはムーミントロールにとどまらない。ほかの登場人物たち、たとえばミイやトゥーティッキなどのメイン・キャラクターはもちろん、小さなクニットのサロメ、臆病な犬のインク、元気で陽気なヘムルなどのゲスト・キャラクターもそうだ。ひとりで描かれることで、それぞれの固有の立場があきらかになる。ミイはどんなときにも独立不羈《どくりつふき》のたくましさを、トゥーティッキは闇の国の巫女的な特異性を、サロメとインクは繊細であるがゆえの孤独を、ヘムルは場の空気が読めないがゆえの孤立をあらわす、といったぐあいに。

さらにこの物語は六章から構成されているが、それぞれの章の題名がまた象徴的であ

②

①

④

③

図6-4　ムーミンが孤独をのりこえる。
『ムーミン谷の冬』の挿絵より。

る。直訳すると、第一章「雪にうもれた応接間《サロン》」、第二章「魔法にかけられた水あび小屋」、第三章「おおいなる寒さ」、第四章「秘密めいた生きものたち」、第五章「孤独な客たち」、第六章「春の兆し」である。春の訪れとともに新生をはたすムーミントロールを描く最終章はべつとして、第一章から第五章までのキーワードを拾ってみると、作者の意図がはっきりする。「雪」「魔法」「寒さ」「秘密」「孤独」、そのすべてが「冬」の一語に含まれる神秘を示唆するのである。

名前のない不安

ムーミンシリーズ第七作『ムーミン谷の仲間たち』の挿絵も、『ムーミン谷の冬』とも異なる独特の味わいがある。叙述的または説明的な要素は影をひそめ、最小限の線であらわす素描《スケッチ》になっている。この本は九つの短篇から成っており、そのうちの一篇「この世のおわりにおびえるフィリフヨンカ」でマット洗いをするフィリフヨンカの絵はその典型である。『ムーミン谷の夏まつり』でも言及された「チリンとなる鈴が先っぽについた小さな帽子」が描かれていなければ、後姿だけではだれだかわからない。「春のしらべ」のスナフキンにしても、ちょっとみただけではスナフキンとは思えない。ふつうの人間にしかみえない。ミイも外見は変わらないが大きくなり、人間にみえなくもない。もちろん、四半世紀も続いたシリーズの挿絵に厳密な一貫性を求めるのはむりだ。しかし、『ムーミン谷の夏まつり』ではスナフキンの帽子にのるほど小さかったミイが、「目に見えない子」では少女ニンニと背丈がさほど変わらない。ムーミン谷の住人たちになにかがおこっている。その性格描写によりいっそうの陰影が加わっていくと同時に、コメディア・デラルテの類型的なキャラクターを脱して、よりリアルな生身の人間に近づきつつあるのである。

本作はシリーズ中唯一の短篇集である。そのせいか、短篇の多いポストムーミン作品との類縁性がつよく感じられ、より「おとなむけ」の印象がある。たとえば「この世のおわりにおびえるフィリフヨンカ」の主人公は、この世の終わりが近いという不安《アングスト》におののくフィリフヨンカであり、「ニョロニョロのひみつ」の主人公は、自分の存在意義に疑いをいだき、永遠の放浪者ニョロニョロのボートに乗りこみ、ムーミン谷と家族をあとに、あてのない旅にでるムーミンパパである。これらの短篇がおとなむきといえるのは、主人公が子どもではなくおとなだという単純な理由ではもちろんない。ポストムーミン全体をつらぬく「孤独」「不安」「老い」といった主題が、ユーモアのオブラートに包まれてであるにせよ、はっきりと打ちだされているからだ。

「この世のおわりにおびえるフィリフヨンカ」をみてみよう。フィリフヨンカと友人のガフサ、このふたりしか登場しない。一種の心理劇とみてもよい。おどろおどろしい表題とはうって変わって、ありふれた日常の描写で始まる。フィリフヨンカが浜辺で大きなマットを洗っている。はいつくばって、力をいれてブラシでごしごしと。最後に大きな波で石鹸の泡を洗いながす。北欧ではめずらしくない光景だ。暖かく、光はまぶしく、水はすきとおっている。それなのに、フィリフヨンカはどうしても不安をぬぐえない。

天気はあまりにもよすぎました。これはふつうではありません。きっとなにかがおこるはずです。フィリフヨンカにはわかっていました。どこか水平線のむこうに、なにかしら暗くて怖ろしいものが、じいっと待ちぶせしているのです――そのなにかはすきあらばとうかがいながら、むくむくと、近づいてくるのです。そしてますます近づいてきて…。

それがなにかすら、だれも知らないのよ、とフィリフヨンカはひとりごとをいいました。海はすっかり黒くなり、なにやらぶつぶつと音がして、やがて太陽の光が消えていき…。

（「この世のおわりにおびえるフィリフヨンカ」）

これらはみなフィリフヨンカの幻想である。フィリフヨンカがふとわれに返って空をみあげると、海はあいかわらず陽光を反射してきらめき、夏のそよ風が頰をなでていく。そこで作者ヤンソンは口をはさむ。「そうはいっても、フィリフヨンカを落ちつかせるのはやさしくはありません。とくに恐怖にうちふるえ、しかもその理由もわからないとなると、なおさらのことです」。はためには滑稽なほど怯えているフィリフヨンカをからかってはいるが、さりとて頭ごなしにくだらないと決めつけもしない。フィリフヨンカの言動を興味津々で追っている作者の姿が、文章のむこうにすけてみえる。

カタストロフィとカタルシス

フィリフヨンカは大きな厄災《カタストロフィ》の到来を予感しつつも、五時に約束しているガフサとのお茶会を思いだし、あわてて家路をたどる。根っから律儀なフィリフヨンカは、恐怖のあまり死にそうになっていても、伝統や慣習はきちんと守らずにはいられないのだ。たとえ相手がまるで気のあわないガフサであっても。中流意識にこりかたまったフィリフヨンカとガフサは、互いのことが好きでもないのに、お茶に呼んだり呼ばれたりする。そのうえガフサは自分のほうが上流だといわんばかりに、これみよがしに手袋をする。ふたりにとって、お茶にせよ食事にせよパーティにせよ、社交とは愉しみではなく義務なのだ。

案の定、お茶会はもりあがらない。「乞い求めることも、理屈をつけることも、理解することもできず、ぜったいに問うこともできないのだけれど、なにがあっても避けられないもの」について、フィリフヨンカはとりとめなく口走る。ガフサは招きに応じなければよかったと後悔しながら、それでも育ちはいいので、できるだけ丁重に答える。夏の終わりには思いがけず突風が吹きますものね、とか、先日もそんな風で洗濯物が飛ばされましたのよ、とか。フィリフヨンカは名付けえない不安について語っているのに、ガフサはとつぜん荒れる天気やありきたりの不都合の話しか返してこない。もちろん、こんな要を得ない話だけで理解しろというほうにむりがある。しかしフィリフヨンカは、ガフサの慇懃無礼な無関心にますますいきりたつ。ただの突風なんか怖くはない。自分が伝えようとしているのは、そんな日常的な自然現象とはまったく次元のちがう恐怖なのだと。たとえば台風《タイフーン》や竜巻《トルネード》や砂嵐《サンドストーム》や大洪水のような。いや、そういうものでさえない。おそらく自然現象ではないのだ。

ですが、いちばんお話ししたいのは、わたし自身についてなのです。そういうことは品がないということは知っていますけれどね。わたしにはわかるのです、なにかがうまくいかなくなることを。そのことが頭から離れなくて。マットをあらっているときでさえ、そうなのですよ。あなた、おわかりになります？　そんなふうに感じることはおありですか？

（同前）

うんざりしたガフサはそそくさと訪問をきりあげて帰っていった。その日の真夜中、フィリフヨンカが怖れていたものがやってきた。烈風をともなう大嵐である。フィリフヨンカの家の煙突はなぎ倒され、そのせいで天井にはぽっかり穴が開き、部屋じゅうの品物が生命が吹きこまれたかのようにくるくる飛びまわる。おまけに、電話線が切れてしまっているので、ほらね、いったとおりになったでしょう、とガフサに電話でいやみをいうこともできない。そして外に走りでたフィリフヨンカは、驚くべき光景を眼にする。

それはフィリフヨンカの考えていた竜巻《トルネード》にはぜんぜん似ていませんでした。フィリフヨンカの竜巻は黒くて、てらてらと光る水の柱でした。ところが、この竜巻はほんものです。光そのものです。くるくると巻きあがる白い雲で、下のほうは巨大ならせん状にねじれています。海の水がもちあがって、らせんに巻きこまれる部分は、チョークのように真っ白でした。（同前）

以上にあげた三つの引用は、フィリフヨンカの不安《アングスト》がたどる三つの段階に対応するとみてもよい。第一のものは、漠然とした外的で自然的な不安。第二のものは、内在化された心理的な不安。第三のものは、現実化した、しかし同時に超自然的とさえいえる不安。きわめつけは唐突な終わりかたである。フィリフヨンカの家は竜巻に巻きあげられて、天高く吹っとんでしまう。ところが、フィリフヨンカはうろたえたり嘆いたりするどころか、いつもの気取りをかなぐりすてて大笑いをする。そして最後の文章はこうだ。「フィリフヨンカは砂の上にへたりこみ、あんまり笑いこけたので、涙がでてきたのでした」。

ひと一倍、伝統に縛られているフィリフヨンカが、先祖伝来のこまごました品物といっしょに、家のすべてを失ったのは象徴的である。「皿敷き《ドイリー》、親戚の写真、紅茶沸かし、祖母にもらった銀製のクリーム入れ、絹糸と金糸で記された祝福の言葉、そういうものがすべて、ひとつ残らず、まっすぐ天にすいこまれていった」のだ。ほんとうの厄災《カタストロフィ》がやってきて、彼女のなかで徐々にふくらんでいった不気味な不安《アングスト》を、きれいさっぱり追いはらってくれた以上、もはやなにも怖れる必要はない。こうしてフィリフヨンカは解放される。自分自身の不安から、家に象徴される伝統の重みから。そして美しい自然の神秘にふれたとき、自意識過剰のフィリフヨンカらしくもなく、涙がでるほど笑いこけてまさに忘我の境地に達する。

読者の側にも一種のカタルシスが生じる。なにがおこったのかよくはわからないのだが、読後感はふしぎに爽快である。さすがに短篇の名手ヤンソンである。得意のとぼけた筆致を駆使して、ところどころオフビートな笑いを誘いながら、フィリフヨンカのこみいった心境の変化を、やさしい表現で言語化していく。

子どものバランス感覚

子どもの読者を対象とする児童文学で、この手の不安はどこまで描けるのか。どこまで描いてよいのか。たとえ描いても、子どもには理解できないのではないか。こうした問いに、ヤンソンは一九六一年、雑誌『ホリソント』（第二号）の記事「狡猾な児童文学作家」で答える。作家は書きたいから書く。これが出発点である。書かずにはいられないから書くのであって、もっといえば、小さな子どもに娯楽や教育を与えるためではなく、一義的には自分のために書くのだ。

したがって、「説得力のある児童文学とは、象徴や自己同一視や自己執着にみちていて、幼い読者とはほとんど無縁の代物」である。にもかかわらず、幼い読者の反応にしばしば作家自身が不意をつかれる。なぜなら、子どもは「語られないものや隠されたものに心を奪われる」のであって、「あえてさりげなく意味を担わされた底流は、子ども自身が隠しもつ秘密主義や愛着や残酷さ、そして恐怖とも、両立しないわけはない」からだ。

想像するに、このように読書する子どもは、伝統的な山あり谷ありの冒険物語を読みすすむうちに、あるときふいに気づくのだ。得体が知れず把握もできないなにかが、暗く底なしの口をぽっかりとあけていることに。（……）

わたしは怪しんでいる。子どもというものは、日常のなかで生まれる緊張と、幻想のなかで生まれる安らぎのあいだで、すばらしく巧妙にバランスをとるすべを知っているのではないかと。これはみごとに仕組まれた自己防衛なのである。

（「狡猾な児童文学作家」）

物語のなかでなら、子どもを死ぬほど脅かしてもかまわない。最後がハッピーエンドでありさえすれば。不安なままで終わるのは児童文学ではゆるされない。すくなくともヤンソンはそう考えていた。最後には安心と平和が控えていると知っているからこそ、子どもは心安んじて恐怖と緊張に身をゆだねることができる。子どもが本能的に身につけるこのバランス感覚を、作家が乱してはならない。一九五三年に「ニルス・ホルゲルソン賞」を受賞したとき、ヤンソンは新聞インタヴュー（『オーボ・ウンデレッテルセ』一九五三年十一月二四日）につぎのように答えた。

自分で愉しんでやったことで賞をもらうのは、なんだかふしぎな気がしますね。じっさい、ムーミントロールの物語は最初からある種の逃避だったのですから。すべてが和気あいあいとして危険とは縁のない世界へと、逃げこもうというわけです。子ども時代へと帰ろうとしているのかもしれません。信じがたいことと当たりまえのことが、なんの気がねもなく混ざりあっている、あのとてもしあわせな世界へと。

わたしが思うに、多くの子どもたちが生きている世界では、幻想的なものと自明なものとにおなじように価値があるのではないでしょうか。そして、わたしが物語のなかで描き、ふたたび創りあげようとしているのは、ほかならぬこの世界なのです。わたしが創りあげたこの世界を、自分自身のものだと感じ、たいせつに思う子どもがいるのを発見するのは、愉しいことです。

しかもムーミン谷の住人たちは、「人間でもなく、妖精でもなく、古典的な物語《サーガ》の存在でもない」。したがって通常の人間の行動類型に縛られずにすむ。「幻想的なものと自明なもの」の境界はどこまでも曖昧になりうる。どれほどめちゃくちゃな行動に及んでも、読者が違和感をいだくことはない。この自由さはムーミンシリーズの特権のひとつであろう。

ポストムーミンへ

ポストムーミン第一作『聴く女』（一九七二）所収の短篇「嵐」は、冬のムーミンとポストムーミンの連続性を示唆する作品といってよい。短篇の主人公の女性は、不安におののくフィリフヨンカのさらに現実的な分身だ。彼女もまただれかと喧嘩をしたらしく、おそらくは仲直りの電話を待っている。伝達手段である電話は孤立の不安のバロメーターだ。だからフィリフヨンカは大嵐のさなかにガフサに電話をしようとする。この短篇でも似たような状況が主人公を襲う。嵐がやってきた。路上から雪を舞いあげ、トタン屋根を吹きとばし、石造りの家の窓ガラスをつぎつぎに割っていく「熱帯の勢いをやどす嵐」だ。とても眠るどころではない。主人公は電話が気になってしかたがない。

夜とはなんだろう。翌朝まで眠るだけの夜、続けたくもないことをともかくやりとげるために疲労を眠りでまぎらわせる夜、自分で責任をとる気もない小心翼々のささやかな死のなかに身を隠すための夜、そんな夜は何時間も続くけれど、人がめざめているのは数秒にすぎない。窓から窓へと視線を往復させながら念じる、電話をして、わたしに電話で怖くないかと訊いてよと。（「嵐」）

夜の眠りとは、たんなる空白、くり返される死、むなしい夢にすぎない。だから、せめてたしかな手応えがほしい。それが親しい人からの電話だ。しかし電話はいっこうに鳴る気配がない。女性の不安をよそに、やがて嵐の勢いは最高潮に達する。

固体よりも濃密な氷の冷気の爆発となって、嵐が力ずくで開けはなたれた部屋にどっとなだれこみ、彼女を壁に押しつけ、眼や鼓膜や口のなかに入りこみ、そのまわりで部屋はトンボの羽のように倒れふす。あらゆる有効性は失われ、使用や認知にたえる名称もない。両手両膝をついて寝室に這いもどる。意味のあるものといえばベッドただひとつ、配水管の下の壁にぴたりと寄せられたあのベッドしかない。そこへ身を隠すのだ。手が敷居にふれる。床はガラスの破片と雪に覆われ、彼女をとらえていた暴風が手をゆるめると、彼女は前につんのめる。風の抵抗で支えられていない自分はひどく脆い。そのまま這って進んでベッドにたどりつくと、掛け布団の下にもぐりこみ、布団に全身くるまり、膝をかかえて壁側に身を寄せた。（同前）

浜辺の一軒家を失ってしまったフィリフヨンカとちがって、家がまるごと吹っとんだわけではない。しかし強烈な描写である。読んでいるうちに眩暈《めまい》をおぼえるほど、妙に詳細かつ的確で、しかも妙に非現実的なのだ。彼女をとりまくすべての物体が本来の有効性や存在意義を失う。「トンボの羽のように」ぺしゃんこに「倒れふ」した部屋など、もはや部屋ではない。壁は壁ではなく、屋根も屋根ではない。かろうじて意味をたもっているのは、あるべき場所を動かずに踏みとどまっているベッドだけだ。だから彼女は決死の覚悟でベッドへとにじり寄っていく。

暴風で右に左に吹っとばされそうになりながらもベッドまでたどりつくと、ちょうどフィリフヨンカとおなじく、嵐との格闘のなかで、それまで漠然と、しかし執拗に彼女を悩ませていた不安は消えさってしまう。ベッドのなかほど安全な場所はないと思えた。電話のことなどもはや念頭になかった。じっさいにかかってきた電話にはひどくそっけなく対応する。あれほど待ちこがれていた電話だったのに。

「弁解はいらない」と彼女はいう。「何度も同じことをいわないで、たいしたことじゃないんだから」ベッドのなかでゆっくり悠然と伸びをして、足をまっすぐ突きだして、強くなるのはちっともむずかしくはないのだと考える。「たいしたことじゃないの」とくり返す。「あなたがなにかをみつけて、またなくしてしまっても、気にしないでいい。明日またみつかるわよ」　（同前）

彼女は電話のコードを抜いて、朝までぐっすり眠った。短篇はつぎのように終わる。「翌朝の七時頃、風がやんで雪が街に落ちてきて、街路にも屋根にも彼女の寝室にも降りつもる。彼女がめざめると、寝室はどこまでも白くすばらしく美しかった」。そんな状態でどうして眠れるのかとか、どうして凍死しないのかとか、問うてはいけない。無粋のそしりをうけたくなければ、である。

7　ポストムーミンの世界

母と娘の旅

ムーミンシリーズに限ったことではないが、ヤンソンの作風はしばしば「フィヌルリグ」と総称される。訳しにくいスウェーデン語で、「ずるい」「狡猾な」「繊細な」「魅惑的な」「創意工夫に富む」「賢明な」など、ひと筋縄ではいかない多義語である。両義性または意図された曖昧さや言い落としは、すべてのヤンソン作品に共通の特徴といってよい。

もちろん、おとなの読者を念頭においたポストムーミン作品では、孤独や不安といった負の主題がよりあからさまに描かれる傾向がある。そうはいっても、ムーミンシリーズ、ムーミンコミックス、ポストムーミンなど、いかなる文学ジャンルにおいても、明確すぎる安易な分類を拒む点にこそヤンソンの魅力がある、とわたしは思う。以下に、ふたつ以上のジャンルにまたがる主題が、それぞれどのように扱われているかを具体的にみてみよう。

コミックス「南の島へくりだそう」のほかに、ヤンソンにはリヴィエラをめぐる作品がもうひとつある。一九九一年に発表されたポストムーミンの短篇「リヴィエラの旅」である。洗練と魅惑の街リヴィエラと物見遊山の「いなか者」、このミスマッチがコミカルな騒動をひきおこす。じつは、このふたつの作品はともに実体験にヒントを得て生まれた、とヤンソン自身がめずらしく認めている。

一九五四年四月、シグネ・ハンマルステン・ヤンソン、いや、挿絵画家のハムは、フィンランド銀行の請負仕事にピリオドを打った。家族の暮らしを支えるために、三〇年ものあいだ、くる日もくる日も、切手や有価証券の図案を描きつづけてきた。本や雑誌に挿絵や似顔絵を描く一方で、ハムはフィンランドで最初のプロと呼べる切手図案家でもあった。二か月後に七二歳の誕生日を控えていた。かなり遅ればせの年金生活である。

ともあれ、これでようやく旅にいける。とりわけ若いころからの念願だった南の地へ。留学時代をすごしたフランスやイタリアの古い街並みを、もう一度訪れてみたかったのだ。「塔が林立するあのイタリアの小さな街でどんなに幸福だったか、さあ仕事をしようと夜明けにめざめる自分をどんなにか頼もしく自由だと思ったことか」と、短篇「八十歳の誕生日」の「祖母」は孫娘に思い出を語る。この祖母とおなじく、ハムも好んでサン・ジミニアーノでの日々を回顧した。家族を支えるための気苦労もなく、ただ自分自身と芸術のことにかまけていられた幸福な日々だ。気候は暖かく、物価はとびきり安く、人びとは陽気で、たいていのことは言葉が通じなくても笑顔ですませられた。

七〇歳をすぎてようやく年金生活者となったハムとともに、トーベはリヴィエラにでかけた。正確にはジュアン・レ・パンへ。カジノもある有名なリゾートである。サン・ジミニアーノも候補にあがったが、なぜかハムは気が進まないようすだった。ファッファンは同行しない。かつてはパリやサンクトペテルブルクで彫刻の修業に励んだのに、年をかさねるとともにフィンランドを離れるのを嫌うようになったからだ。

旅の流儀

コミックスでは、南へと誘われるのはパパとスノークの女の子だった。短篇ではより事実に近く、ママと娘のリディアが勇んで南の国にくりだす。ファッファンとおなじく短篇のパパも母娘の旅に同行しない。短篇「リヴィエラの旅」はこんなふうに始まる。

ママは自分の記念日が近づいてきたとき、どんな贈りものも必要ないが、ただひとつ素朴な望みがある、ということを周知徹底させた。ガウディの建築を理解するためにバルセロナを訪れ、それからリヴィエラにいってみたいという。より正確にはジュアン・レ・パンである。当然のごとく、いっしょに生活するのに慣れている娘のリディアがお供する。しかし旅費がかさむのはいけない。リヴィエラは高くつく場所だと説明はされたが、それでも夢は夢だけのことはあるし、昔からの夢であればなおさら根強いものがある。

（「リヴィエラの旅」）

ハムは若いころにフランスやイタリアに留学したことがあったが、結婚後は一家の稼ぎ手として、つぎからつぎへと仕事をこなさねばならない立場にあった。たいていの仕事は出来高払いだったから、長い休みはとれなかったのだ。北欧では、年金生活とともに文字どおり第二の人生が始まる。ついに自由に生きられる日がきた。思いっきり好きなことができるのだ。もっとも当時の話だから、年金をもらっても、さほど豪勢な生活を送れるわけではない。だからママとリディアのふたりは、旅行会社から友人知人まで、ありとあらゆる伝《つて》を頼って「安い賄いつきの宿」を探しだした。料金設定の高いハイシーズンを避けるという条件つきである。

すでに述べたように、ムーミンママのモデルはハムである。新聞インタヴュー（『オーボ・ウンデレッテルセ』一九五七年六月十一日）でも、ヤンソンはハムをムーミンママになぞらえた。

ムーミンママは、ムーミン谷のなかでもっとも「ありそうな」キャラクターだと思います。愛想がよく、ユーモアを解し、すべての生きものにたいして母親として接する存在です。モデルはわたし自身の母で、まさしくムーミンママそのものです。ただし母のほうが、ムーミンママよりもさらに陽気で、寛大で、遊び心にあふれています。

ある意味で、ハムはムーミンママ以上に興味をそそる。「さらに陽気で、寛大で、遊び心にあふれて」いるのだから。ここでふたつの「リヴィエラ」の話に戻るならば、短篇小説でのママのほうが、コミックスのムーミンママよりも、ハムの実像に近いと思われる。たとえば、ママ（意味深長にも名前はない）とその娘リディアは、リヴィエラにむかう前にバルセロナにたちよった。現実のハムとトーベの母娘とおなじように。そのうえこの短篇のママは、「国境をこえてはるかに広くわが国の名を知らしめた芸術的達成」をなしとげて、母国から顕彰されるほどの芸術家らしい。もっとも顕彰だけで賞金はない。したがって、ふたりの質実な旅が豪遊に変わるわけではない。

バルセロナの闘牛

ガウディのサグラダ・ファミリア教会は申し分なく挑発的だった。「荒々しい壮麗さのうちに一種の非合理が認められる」とママはのたまい、遊び心を全開にする。この旅では「非合理」を生きるのだ。母国では捨てきれなかった抑制をこの異国の地でかなぐりすてよう。手始めに、闘牛士帽《トレアドール・ハット》を買うことにする。たっぷりした長い髪をおさめるトレアドール・ハットをみつけるのは、なかなか骨が折れた。炎天下を歩きまわって疲れはてたので、地元の小さなカフェに入った。カウンターでたむろする男たちのあいだに、低いざわめきがおこる。むりもない。トレアドール・ハットをかぶった初老の外国人女性には、そうそう会えるものではない。男のひとりがうやうやしく進みでると、ママはいっこう驚くそぶりもなく、即興でトレアドールを演じてみせる。

年配の男のひとりがママの前に進みでて膝を折った。ママはショールを差しだした。その後、男はママと眼を合わせながら闘牛を演じてみせた。あらかじめ予測し最後に完遂させる牡牛の死を演じる、あの儀式的な動きである。かれの友人たちは大まじめで身動きもせずに立って注視する。たまに聞こえるかどうかのオーレのかけ声。ママはグラスを飲みほし、かるく会釈をして礼をいう。だれかが扉を開けてくれた。

（「リヴィエラの旅」）

地元の男たちの儀式にさりげなく対応できるママは、コミカルであると同時に、スタイリッシュでもある。儀式が終わると同時にさっさと席を立つ。これがママの「演出」

だ。リディアいわく、「パパもいっしょだったらどうしたかしら」。ママはすまし顔で答える。「あの人たちと知りあいになろうとして居残ったわね。演出というものを解さない人だったから」。なんといっても引き際がたいせつである。役者は仕事が終わったらあざやかに舞台から退却すべきだ。これも瞬間的な直感が求められる芸術家ならではのセンスである。

コミックスの「黄金のしっぽ」では、パーティに最後まで居残ろうとするムーミンパパの醜態がギャグのネタになった［図7－1］。黄金のしっぽでにわか名士となったムーミントロールとその家族が招かれた社交界のカクテルパーティというのは、上品にカクテルを味わいながら、あたりさわりのない話題をかわす場である。ところがパパの考えるパーティというのは、テーブルの上に登ってダンスをして、浴びるように酒を飲んで騒ぐ、なんでもありの無礼講にほかならない。最後まで居残って元気に騒ぐのが、お客たるものの務めだと思っているから、なかなか帰りたがらない。

図7－1　パパを恥じるママ。「黄金のしっぽ」より。

このあたりのこだわりは『彫刻家の娘』でも

描かれている。トーベ・ヤンソン自身のパパとおぼしき「わたしのパパ」は、芸術家仲間を集めてはパーティをする。バラライカやギターの音色にまじって、煙草の灰色の霧と叫び声が居間をみたす。そのうち、酔った友人のひとりがグラスを床に投げつける。ただし割っていいのはひとつだけと決まっていて、その友人にはかならず安いグラスが渡される。

パパはしゃんとすわって、まっすぐ前をみている。ほかの人はときどき居眠りをする。パーティというのはつかれる。でも、最後までいることが大事だから、だれも家に帰るとはいわない。たいていはパパが勝って、最後までがんばっている。みんなが眠ってしまっても、パパは朝になるまで、すわって、眼をあけて、考えごとをするのだ。

（『彫刻家の娘』）

私有地につき、入るべからず

さて、ママとリディアは旅の目的地に着いた。リヴィエラといえば海岸である。ふたりが海岸はどちらの方角なのかと宿の主人にたずねると、主人は困ったなという顔をする。高級ホテルが宿泊客用に海岸を壁で囲いこんでいるとは、なかなかいえない。しかたなく、どうとでも解釈できる曖昧な仕草で母娘を送りだした。

ママと娘は海にむかって長い道のりを歩き、さらに壁ぞいに進む。ひどく暑くなってきた。車がひゅうと走りすぎ、ときおり門柱や柵のそばで停まる。ようやく壁と壁のあいだに狭い口がひらけ、廊下のような道をおりていくと、漁師たちのボートが浮かぶ場所についた。厚板の小さな桟橋に漕ぎボートが二隻つないである。

（「リヴィエラの旅」）

北欧人の感覚では、森や湖や海といった公共空間に私有の概念はなじまない。かつては日本でもふつうにあった入会地《いりあいち》であって、この半公共的な土地は近隣の住民たちが自由に使える。いわば共有地だ。だれでも森に入ってキノコや野草をとってよい。ブルーベリーやラズベリー摘《つ》みは、とっておきの愉しいレクリエーションだ。だれでも湖や海で泳げるように、だれでも釣りをしてよい。もちろん共有地には共有地の決まりがある。「海の掟」のように。このことを『彫刻家の娘』の主人公の少女もよく知っている。

わたしたちはキノコをたくさんつむが、手当たりしだいというわけではない。キノコ狩りにもやりかたがある。何百年も昔からずっと、キノコは冬の朝食に欠かせないたいせつな食べものだ。魚とおなじほどたいせつだといってもいい。どのキノコにもあるふしぎな菌糸をたやさないよう、キノコの生える場所を、つぎの世代のひとのためにも、とっておかなければならない。夏のあいだに家族の食料を手にいれること、自然をうやまうこと、このふたつは市民としての義務だ。(『彫刻家の娘』)

キノコをとってもよいが、根絶やしにしてはいけない。食料はすべての世代のための財産なのだ。そして自然への敬意。敬っているからこそ、線引きをして自分のものだと野暮な主張はしない。ところが高級リゾートのリヴィエラ海岸に、北欧の市民の「常識」は通用しない。海岸らしい海岸はすべて「私有地」なのだ。ようやくみつけた海岸には、これみよがしに大きな看板が立っていた。「私有地」ではあるが「建設予定地」なので、いまはまだよそ者も入れるというわけだ。

リヴィエラの帽子

バルセロナのカフェでは小粋にきめたリディアのママも、あこがれの高級リゾート地にやってきたとたん、どことなく垢抜けなくなる。まずはホテルまで乗ったタクシーに遠回りをされて、料金を上乗せされる。いかにも観光客といういでたちに加えて、なんといってもあの奇抜なトレアドール・ハットである。しかも、この帽子のせいでぼられたのは、この一回だけではない。二度めは「洗練された身なりの銀髪の紳士」によって。

アンダーソンと名乗るその紳士は、不慣れな観光客に案内を買ってでて、「もっか最先端の」バーにふたりを連れていくと、しゃあしゃあと講釈をたれる。

ここなら、もちろんシーズン中はという意味ですが、興味ぶかい人たちに会えます、映画スターと億万長者の両方にね。一週間をリヴィエラですごすために一年間お金を貯める人たちはべつとして。いえ、そういう人たちも興味ぶかいですよ、悲壮でね。（「リヴィエラの旅」）

母娘がまさに「一週間をリヴィエラですごすために一年間お金を貯める人たち」であることくらい、アンダーソンは先刻承知である。わざと挑発しているのだ。ママはころりと術中にはまる。アンダーソンの口車に乗って、好きでもなく似合いもしない「薔薇色の帽子」を買ってしまう。もちろん高級ブティックで。その場で全額払えないほど高価で、おろかしい帽子だった。トレアドール・ハットもばかばかしいが、「非合理」の追求という言い訳があった。それなりにママも愉しんだ。ところが、過剰に女っぽくてコケティッシュな帽子はママにぜんぜん似合わない。ママはめずらしく途方にくれる。自分のおろかしさの証明のような帽子をどう処理すべきか。ここではじめて娘のリディアがイニシアティヴを発揮する。いつもママから覇気がないと叱られていたのに。

「リディア、あの帽子は?」
「支払いずみよ」
「だけど、どこにあるの?」
「大好きなママ」とリディアがいう。「もう眼にしなくていいのよ」

(同前)

その後、帽子についての言及はない。薔薇色の帽子どころか、あのトレアドール・ハットについても。おそらくリディアは薔薇色の帽子を処分したのだ。ママに相談することなく。だからこそ、「上出来よ、リディア。忘れずに〈衛兵交代〉という単語を辞書で調べておくれ」と、ママはめずらしくリディアをほめた。「衛兵交代」とは、ママが主導権を娘のリディアに譲渡したことを意味するのだ。

翌朝、ふたりは故郷に戻った。北の国では、まだ春は始まったばかりだ。「ふたりは春の兆しにちょうど間にあって帰国した。つまり春を二度迎えたわけだ、そういう数えかたができるならばの話だが」。文中には明示されていないが、ママは最初にかぶっていた預言者帽《プロフェット・ハット》をかぶって、帰国の途についたのだろう。一九一二年からずっと同じ型の帽子を愛用してきたのだ。薄い灰色の預言者帽は、「つば広で、謹厳で、山が低く、いうなれば帽子の真髄《イデー》」だ。この禁欲的な帽子がやっぱりママにはいちばんよく似合う。

時間の感覚

短篇「リヴィエラの旅」は、エキセントリックな母とその母にふりまわされる娘の、ときにペーソスもただようコメディである。でこぼこコンビによる旅行記でもあって、双方にさりげない変化をもたらして、南の国への旅は終わる。ママはなじんだ預言者帽をかぶり直し、気弱な娘はすこしだけ母からの自立をはたす。リヴィエラを訪れた母と娘は、悲喜こもごもの旅を終えて帰国したとき、二度めの、しかもまっさらな春を迎えることができた。母はすでに年老いてはいるが、まだ時間はたっぷりある。あたらしい日々がまた始まる。だから読者は読みおえて爽快な気分になれる。

旅の終わりで母と娘は「春を二度迎え」るのだが、これを一種の時間トリックとみてもよい。時間との戯れを描く悲喜劇《トラジコメディ》はヤンソンの得意分野なのだ。文字どおり「時間の感覚」という短篇もある。こちらは終始ユーモラスな筆致で、祖母とその孫息子のアラスカへの珍道中が語られる。

この祖母にまったく不都合なところはない、ただひとつの点をのぞいては。祖母は稀にみるほど温厚でしあわせな人間なのだが、その理由は「時間の感覚を失ってしまったせい」ではないかと、孫息子は思っている。

祖母は昼の日なかに夕べの紅茶を準備し、孫息子をベッドに寝かしつけてカーテンを引く。逆に、夜中に寝ている孫息子を起こしては散歩につれだす。幼い孫息子はなんの疑問もいだかず、むしろ勇んでお供をした。「夜半に外にでている唯一の子どもであるのが誇らしかった」からだ。孫息子がおとなになって、祖母の奇妙な振るまいを怪訝に思うようになると、事態はややこしくなった。はじめは口答えをしていたが、反論されて気落ちする祖母をみるのがいやで、やがて時間の感覚の逆転を指摘するのをやめた。

時間の感覚は現実の感覚と密接にむすびついている。時間の感覚を失うとは、往々にして現実との接触を失うことだ。祖母は自分だけの時間の感覚を身につけることで、自分だけの現実をつくりあげた。そんな祖母に孫息子はあえて逆らわずに、掛け布団をかぶったままポケットランプで読書をする。はやくに両親を失った孫息子にとって、ちょっと変わった祖母との生活はむしろスリルにみちていた。

祖母はすばらしく強烈な自分の世界をもっていたにちがいない。かくも堂々と太陽と月に逆らえるのだから。彼女の世界を照らしているものはなにか、彼女にあの怖るべき確信と平静を与えるものはなにか、ぼくには謎だ。しかし祖母のペースを乱そうとは思わない。その逆である。

（「時間の感覚」）

太陽とも月とも無関係にマイペースをつらぬく祖母の姿は、つねにおだやかで前向きなムーミンママの姿にかさなる。大洪水にも火山の噴火にも家族離散にもパパの失踪にも、ママはすこしも動じなかった。洪水や噴火はいつかおさまるし、家族はかならず再会できるし、パパはいつだって時間がたてば帰ってくる。時間はたっぷりある、と心から実感できる者だけが、時間にふりまわされずにすむのだろう。孫息子がある種の憧憬をこめて祖母をみつめたように、ムーミンママに注がれるヤンソンのまなざしにも羨望が混じっていたのだろうか。

黒と白

ポストムーミン短篇集に共通する主題はいくつかある。旅、芸術、夢、孤独、老い。もっとも、これらはすべてムーミンシリーズ後半（冬のムーミン）でも扱われる。ムーミンシリーズ最終作『ムーミン谷の十一月』について、ヤンソンは「この作品では夢が現実よりも現実的であることを語りたい」と制作ノートに記した。その言葉にしたがわず、この作品を読みとくキーワードのひとつは夢だ。興味ぶかいことに、作中人物のなかでいちばん夢とは縁のなさそうなヘムルが、作者の意図を代弁する詩をうたう。

わたしは問う、しあわせとはなにか――しずかな夕べに、片手にぐいと力をこめる、ただそれだけ——
泥と葦と灯心草をのがれて、ボートを漕ぎだすために、
そして、海のおおいなる自由の値を知るために。
ああ、人生とはなにか、人生とはひとときの夢だ、
なにかに喩えようもなく、吹きあれる嵐だ。

（『ムーミン谷の十一月』）

人生は夢、または夢こそ人生。一七世紀の劇作家カルデロンの代表作を連想させることのテーマに、ヤンソンは後半の作家人生をかけることになる。

夢と人生が交錯する典型的な例をあげよう。『聴く女』所収の短篇「黒と白」の主人公の画家には有能で美しい妻がいる。ふたりは工業デザイナーである妻ステラが設計図をひいた住居で暮らす。ガラスと白木造りのすばらしく開放的な住居で、夜になると内部から照らされたガラスの家は、金魚鉢のように外から丸見えになる。媚態のかけらもなく、話し相手をまっすぐみつめる、住居とおなじくらい開放的な妻は、「夜は放心に近い無造作な脱衣で裸になる」。

妻はその名のとおり夜空にかがやく星《ステラ》だ。聡明で美しい。性格もよい。おそらく夫より高収入だが、いばらない。文句のつけようのない配偶者だ。彼女の設計図によるガラス張りの住居とおなじく、透明で、無垢で、光にあふれている。内装や家具もまた美

しい。外壁はほとんどガラスである。部屋を仕切る内壁はあるが、扉はない。夜、色あざやかな衣服をまとう客たちが、三々五々、ガラスの壁の内側と外側をそぞろ歩く。すべてがまるで「美しい舞台装置」のようだ。

　大きな机もまたガラス製だ。画家の夫にとっては低すぎる。仕事をしようとすると、背中を丸めた無理な姿勢を強いられる。そのせいか腰痛の持病に苦しめられている。妻を愛する画家の心にかわって、身体のほうが仇をとっているのだ。広く口をあけた暖炉の前に大きな黒い毛皮が敷いてある。熊の毛皮だろうか。隅から隅まで無機的なこの家ではめずらしく、野生の香りを放っている。「腕と脚を伸ばして寝そべって、毛皮に顔をうずめ、背中を休めるために犬のように転がりたい」、と夫はつねづね思っているが、いまだ実行にはいたらない。なぜかの説明はない。だが夫の潜在心理が犬のような振るまいをゆるさなかった、とも解釈できる。自分のなかにある野生へのあこがれを充足させることは、みごとに無菌化された生活様式への、つまりは一点の翳りもない妻への叛逆を意味するから。

　ある日、画家の夫に恐怖小説選集の挿絵の依頼が舞いこむ。初めての大仕事だ。たんなる飾り模様《ビネット》ではない。全頁大の白黒の挿絵である。夫は妻の意見を尊重する。いつも的確で、まちがいない。ところが今度は意見があわない。妻は「基調《ドミナント》にもっと白を」というが、夫は「基調にもっと黒を」と考える。闇を創りたいのだ、本物の、真っ暗な。

しかし努力は無に終わる。夫は妻にうったえる、「ここは明るすぎる、灰色になるだけで黒くならない」と。妻は伯母の古い別荘を薦める。漆黒の闇に包まれるその古ぼけた廃屋でなら、ケント紙上に本物の黒を生みだせるにちがいない。

夫は移り住んだ廃屋で、恐怖小説選集のための挿絵を仕上げていく。調子はいい。残るは最後の一話となった。これがいちばん怖ろしい話だ。作者が通例に背いてまで、恐怖を白昼の光にさらし、変哲もない美しい部屋に閉じこめた、あの十番めの物語だ。その物語が画家にとりついて離れない。

ついに決心する。こいつを絵にして息の根を止めるしかない。あたらしい白い紙を眼の前の机に拡げた。わかっている。選集のなかで本物の恐怖にみちた唯一の物語を絵にせねばならない。描写する方法がひとつしかないことも。それはステラの居室、ふたりで暮らしたあの完璧な部屋である。

（「黒と白」）

画家は驚く。言葉にならない恐怖の中核に、翳りひとつないガラスの箱に住む妻がいる。妻が無造作に服を脱ぐあの居室を描かねばならない。白壁にこまかな亀裂が走り、巨大なガラス壁が砕けちる速度に負けない迅速さで。物語はつぎのように終わる。

彼はできるだけすばやくペンをすべらせ、と同時に、床にぽっかり口をあける深淵をみる。黒かった。ますます仕事のペースをあげるが、ペン先が深淵の闇にたどりつく前に、彼の描く部屋はゆらぎ、外側に弾けとび、崩れおちていった。（同前）

漆黒の闇にとりつかれた画家は、灰色しか生まれないガラス張りの家を、その家の設計図をひいた美しく明朗な妻を、心の底では疎んじていた。いや、怖れていたのだ。ゆえに、「本物の恐怖にみちた唯一の物語」の挿絵を描く画家のペン先よりもはやく、ガラスの居室は「ゆらぎ、外側に弾けとび、崩れおちて」いく。全篇を夢のような非日常感がつらぬく。あるいはB級ホラー映画をみているような、といってもよい。この短篇がモノクロームの画家エドワード・ゴーリーに捧げられているのは偶然ではあるまい。黒と白のまばゆい対比に、読者はときおり軽い眩暈をおぼえる。

あのヘムルの夢が「片手にぐいと力をこめ（……）、泥と葦と灯心草をのがれて、ボートを漕ぎだ」し、「海のおおいなる自由の値を知る」ことだったように、爆発するほど激しい生の実感なくして、画家である夫の夢は実現しない。夫のペン先から迸《ほとばし》りでた深淵の闇は、人工的な明るさを破壊した。夫にとっては桎梏《しっこく》であった白の世界が崩れさり、本物の黒が生まれたとき、あらたな生命も生まれるにちがいない。そんな余韻を残して短篇は終わる。

「黒と白」の画家のように諸刃の剣というべき情熱に囚われた人物は、もちろんポストムーミンの専売特許ではない。周知のようにムーミンシリーズ後半（冬のムーミン）には、さまざまな妄想や偏執をかかえた生きものが登場する。瑕《きず》のある希少切手にしか興味のないヘムル、バクテリアや小さな虫に病的な恐怖《フォビア》をいだくフィリフヨンカ、古い書物のなかにムーミンたちの秘密を読みとろうと夢中になるトフト、稲妻を求めてひたすら水平線のかなたをめざすニョロニョロなど、数えあげればきりがない。『軽い手荷物の旅』を刊行した一九八七年、ヤンソンは「道はひとつじゃない」と題されたインタヴュー（フィンランド国営放送ＹＬＥのプログラムに収録。刊行は一九八八年）でつぎのように語った。

〔偏執や固着は〕破滅につながる過激なものであったり、なにかを極限まで達成しようとする誠実さゆえの熱狂であったりしますが、その結果、生みだされたものは生みだした本人をも凌駕するのです。わたしは与えられた限界を超えようとする人間にどうしようもなく惹かれます。

愛の物語

短篇「黒と白」はモノトーンの世界である。染みひとつない「白」と一筋の光もゆるさない「黒」が衝突する。それはまた妻と夫の、芸術をめぐる価値観の衝突でもあった。たしかに妥協はむずかしいが、かならず壮絶な結末に終わるとはかぎらない。この短篇集『聴く女』に収録された「愛の物語」では、妻と夫の価値観の食いちがいはハッピーエンドを迎える。この短篇でも夫は画家だが、「あらゆる芸術展なるものには久しく愛想が尽きるか滅入るかしていた」。ところが、ひとりで訪れたヴェネツィア・ビエンナーレ展で、ある展示品から眼が離せなくなる。

ばら色の大理石に刻まれたその美しい作品は、胴体《トルソ》の古典表現にならって膝のすこし上で切断されているのみならず、臍の上でも切断されている。彫刻家はこの自由で完璧な臀部にしか興味がなかったのだ。（……）この尻は小道具ひとつ寄せつけず、ばら色の大理石のうちにひっそりと安らいでいる。彫刻家の愛と洞察がつくりあげた丸い果実のように。

（「愛の物語」）

その後も画家の眼を通して「ばら色の臀部」の描写が延々と続く。展示位置や照明まで完璧なのだ。一メートルほどの黒い台座に載せられた彫刻は、灰色の壁を背景に、冷たい北の光をうけて、ばら色の真珠のように輝く。妻は夫の異変に気づく。あきらかに放心状態だ。なにが悲しいのか、なにを考えているのかと訊く。夫は胸のうちをあかす。

彫刻は高価なので、買えばふたりの留学給付金はまるまる吹っとんでしまう。妻は驚き、あきれるが、買うことに同意する。夫は妻への感謝と愛にみたされ、妻をだきよせる。妻は眼を閉じて、愛するってなんて簡単なのかと考えた。


「それで、あなたの彫刻はなにを表しているの」と彼女はささやく。

彼は答える。「胴体《トルソ》だ」

「胴体《トルソ》?」

「うん、じつをいうと、お尻なんだ。ばら色の大理石のね」

彼女は身をひいてくり返す。「お尻?　ただのお尻?」


(同前)

当然の反応だろう。待ちに待ったイタリア留学の資金を全部つぎこむ対象が、「ただのお尻」では納得できない。夫は一瞬の歓喜のあとの失望に襲われて、のろのろと宿に向かいながら、うんざりした気分で思う。「わかっている、彼女がどうするかは。衝立《スクリーン》の蔭で服をぬぎ、ぼくに尻をみせないように後ずさりしてベッドにいくのさ。ああ、ばかばかしい」。じっさいに妻は衝立の蔭で着替えをするが、そのつぎの反応は予想外だった。そんなに欲しいのなら、盗みだそう、と妻は真顔でいう。展示されているのは地上階で、外は公園なら、ダイヤモンドで窓ガラスを切って、そうね、うんと小さいダイヤを買わなくてはね、と計画を練りはじめた。妻の突拍子もない提案を聞いて、夫はふしぎに清々した気分になり、盗みはやめとこうよと答える。「彫刻家のことを考えるとね、ハンガリア人なんだけど、フィンランドのぼくらのアトリエに自分の作品があるなんて知るよしもないよね。彼にだってお金が要るだろうしさ」。ハンガリア人彫刻家への敬意から盗みはやめた。しかし「ばら色の臀部」への愛と敬意が霧散するわけもない。眠りにつく前に妻が夫にいった言葉は、「明日いっしょに彫刻をみにいこうか」だった。

ふたりが彫刻を買ったかどうかはわからない。買わなかった可能性も大きい。かならずしも美しいものを手にいれる必要はない。それくらい芸術家なら知っている。いずれにせよ、夫としてはせつに祈るばかりだ。大理石の彫刻をその眼でみた妻が、以後は「ただのお尻」とはいわなくなりますようにと。

死にゆく人

一九四五年の第一作から一九七〇年まで、時間をかけてゆっくりと「夏」から「冬」へと移行するなかで、ムーミンシリーズは、愉しい冒険から心理的な葛藤へ、家族の互助から個人の自立へと、その基調をすこしずつ変えていった。そして最終作『ムーミン谷の十一月』が刊行された翌年、最初のポストムーミン短篇集『聴く女』（一九七一）が、さらにその翌年にヤングアダルトの『少女ソフィアの夏』（一九七二）が刊行される。この三作品ではハム＝ムーミンママの存在、または不在が切実に感じられる。

ムーミンママはつねに圧倒的な存在感を放ってきた。家族の中心として、谷の中心として、そして世界の中心として。そのことは『ムーミン谷の十一月』でも変わらない。ただし際立つのはママの存在ではなく不在のほうだ。物語の場所はムーミン谷だが、ムーミンの家族は登場しない。準レギュラーのスナフキンとミムラをはじめ、フィリフヨンカ、ヘムル、スクルットおじさん、そしてトフトという名のホムサ、この六人だけだ。ママ自身は登場しないが、ママの不在を嘆くトフトをつうじて、惜しまれる不在のかたちで存在しつづける。あるときは記憶のなかで、あるときは幻想のような夢のなかで。この最終作『ムーミン谷の十一月』はハムの死の直後に刊行されている。トフトが「いますぐママに会いたいんだ、ぼくにとってたいせつなのはママだけだ」と叫ぶとき、ヤンソンがトフト（＝トーベ）という分身の口を借りて、母の死を悼んでいるとも思える。

最後のムーミン物語は下の弟ラルス（ラッセ）に、最初のポストムーミン短篇集は上の弟ペル・ウロフ（ペルッレ）に捧げられた。しかしトーベ自身もハムの死の衝撃から立ちなおるには、かなりの時間を要した。『聴く女』所収の短篇「雨」では、死にゆく老いた女性にかさねてハムの死がリアルに語られる。表現することで乗りこえようとするかのように。

ハムの死の翌日、ヤンソンは長年の友人ヴィルタネンとその妻に手紙を書いた。抑制された文面に悲しみの深さがうかがえる。

おふたりにとって悲しい報せです。ハムは亡くなりました。最後の昼と夜は病室に寝泊まりさせてもらえました。すばやく、苦悶もなく、あらたな血栓が生じ、そして終わりが訪れました。ハムは自分が望んでいたように逝きました。麻痺するでもなく、長く待つでもなく、知性をわずかなりとも失うことなく。ラッセとペルッレも毎日やってきました。やがてハムは果てしない疲弊状態におちいりました。わたしはおそろしく非現実的な気分で歩きまわっています。平静だけれども奇妙になじまないのです。

死は停止あるいは沈黙なのかもしれない。死にゆく人間をかろうじて生の領域にとどめていた器具類が、無用の長物と化す瞬間がくる。そのとき、完全な停止や沈黙に屈する前に、死にゆく人間は最後の力をふりしぼる。顔はゆがみ、灰色の唇から言葉にならない言葉がもれる。もはや力は使いはたしているので、大声で叫びたくてもかすかな喘《あえ》ぎにしかならない。

疲れた身体が叫んでいる。もうたくさん、いまさら生命はいらない、待ちつづけるのも、終わったものを永らえさせる試みも不要、激励も不安げな仕儀も、愛情からくる不器用さも、苦しげな表情で愛する者を怖がらせまいとする断末魔の決意も、もはやうんざりなのだと。死は個々の形態において千差万別だ。すりきれた長い生におとずれる死もあろう。ただ一度の叫び、決定的なものの明示、画家が最終頁に最後の飾り模様《ビネット》を描きこむように。

（「雨」）

ハムの身体から生命が失われていくと同時に、ムーミンの作品群を暖めていた最後の残照も薄れていく。シリーズの内的な必然性もこれに拍車をかける。いつしかムーミン谷の住人たちは自立的な存在となり、作者の思惑を離れて生きはじめた。ハムの死を引き金として、有機体としてのムーミン谷は一気に完結へと向かう。挿絵画家として無数の飾り模様《ビネット》を描いたハムの死は、じつに芸術的なタイミングで訪れたのだった。

老いと死の予感

『聴く女』の翌年に刊行された『少女ソフィアの夏』では、ソフィアと年老いた祖母が小さな島ですごすひと夏が、情感こめて描かれる。この祖母もあきらかにハムその人である。主人公のソフィアはラルスのひとり娘であり、トーベ自身の子ども時代を彷彿させる元気な自然児だった。はやくにママを亡くした姪をトーベはかわいがっていた。ほとんど姿をみせず仕事ばかりしているソフィアのパパは、おそらくムーミン連載漫画《コミックス》を描いているのだろう。ハムの死から一年たったせいか、『少女ソフィアの夏』では祖母＝ハムの魅力が淡々と追想される。なかでも最初の章と最後の章が印象的だ。

七月の朝まだき、湿った草むらをガサゴソかきわけている祖母に、孫娘のソフィアが声をかける。祖母は入れ歯を探していた。ヴェランダに立っていたときに、下の茂みに落としてしまったのだ。這いつくばって茂みを探るなんて、あんまり格好はよくない。そんな姿をみられたので、祖母の機嫌もよくはない。とはいえ、ソフィアのほうが視力も足腰もよいのは事実だ。まもなく入れ歯はソフィアがみつけてくれた。

「はめてみて」
「みるのはだめだよ」と祖母はいう。「プライバシーの問題だからね」
（『少女ソフィアの夏』）

祖母と孫のあいだでも一線はひくべきだ、と祖母はいいたいらしい。幼い少女を一人前に扱っているからこそである。けっきょくソフィアの希望は叶えられるが、入れ歯をはめるのをみても、あたりまえだが愉しくもなんともない。その直後、ソフィアは唐突と思える質問をし、読者は不意をつかれる。

「いつ死ぬの?」と子どもがきいた。
「もうすぐね」と祖母は答えた。「でも、おまえにはなんの関係もないことだよ」
(同前)

祖母は間近に迫りつつある死を覚悟している。だから孫娘に伝えておきたかった。わたしが死んでも、おまえのせいじゃないよと。子どもは、あるいはおとなでさえも、愛する人に先立たれると、悲しみに加えて、不合理な怒りや罪の意識をおぼえる。それにソフィアはすでにママを亡くしていた。祖母のそっけない物言いはソフィアへの配慮の表れなのだろう。

最後の章の季節は八月、最初の章から一か月以上がすぎた。家族は島を離れる支度に忙しい。来年の春まで半年以上も、島からは人の気配がとだえるだろう。

いちどきにではないが、すこしずつ、なにかのついでに、さまざまな品々が、季節の流れにあわせて、場所を変えていく。日ごと、なにもかもが小屋の近くに移っていく。ソフィアのパパはテントと揚水ポンプをしまいこむ。ブイの鉄鉤《シャックル》をはずして、錨鎖《ケーブル》をコルクの浮きにつなぐ。ボートは丸太棒《ころ》の上に引っぱりあげられ、生簀《いけす》ボートはひっくり返されて薪割り場の裏手におかれる。そして秋がはじまる。そのうちジャガイモが土から掘りだされ、雨水をためる樽がころがされて小屋の壁にたてかけられる。バケツや庭仕事の道具は小屋のそばに寄せられ、あれやこれやの飾り鉢は消えうせ、祖母のパラソルや、はかなくも愛すべき品々など、すべてが場所を変えていく。ヴェランダには、消火器や斧、鶴嘴《つるはし》や雪かきシャベルが並べられる。こうして景色がすっかり変わってしまうのだ。（同前）

夏から秋への移り変わりをあざやかに描く一節だ。夏の終わりに人びとは黙々と片づける。テントだのブイだのボートだのと、人間が島で暮らすための道具や、飾り鉢だのジャガイモ畑だのと、人間が勝手に手を加えた痕跡を消していく。できるだけ島をもとの姿に戻すために。祖母はこの変化が大好きだ。ずぶぬれの犬が身震いをして水気を切るように、島が人間の臭いから身をきよめているような気がする。人間もこんなふうに余計なものを脱ぎすてて、きよらかになれるだろうか。

ある夜、祖母は眼がさめた。用をたすために外にでるかどうかで迷った。外は真っ暗だし、脚は痛むうえに、狭くて急な階段をおりねばならない。けれど思いきって外にでた。用をすませたが、息が切れてすぐには小屋に戻れそうにない。薪割り台に腰かけて休むことにした。遠くの沖をゆく舟の気配がする。灯油で走る小さな舟だ。陸に帰っていくニシン舟ともちがう。この舟は港ではなく沖に向かっている。規則ただしくモーター音を響かせながら、しだいに陸から遠ざかっていく。ところが、いつまでたっても音は消えない。

「おもしろいねえ」と祖母はいった。「あれがニシン舟じゃなくて、心臓の音、ただの動悸だったとはね」

祖母は、もどって横になろうか、それともここに残ろうか、とながいこと思案した。そして決めた。まあ、もうすこしだけ、ここにいようかね。

（同前）

物語をしめくくる祖母の独白《モノローグ》に、二重の含みを読みとることもできよう。戸外にとどまって動悸がおさまるのを待つというたんなる選択と、労の多い生であってもいますこし堪えていこうとする決意とに。一九七一年の夏、ハムは生にとどまるのをやめ、トーベは母を、幼いソフィアは祖母を失ったのだった。

おわりに

「道はひとつじゃない」（YLEのプログラム収録、一九八八年）と題されたインタヴューで、ヤンソンはおとなの文学と子どもの文学をへだてる境界の曖昧さに言及し、この境界をふみこえたムーミンシリーズ最後の二冊『ムーミンパパ海へいく』と『ムーミン谷の十一月』は、もはや子どもむけの本とはいえない、と認めている。もちろん、おとなの文学と子どもの文学をへだてる境界は、さだまらずゆれ動くものだ。だから、ひとたび境界をふみこえたとしても、ヤンソンの言によれば、「ムーミン谷をあとにしたわけではなく」、ただ、「いい感じで暮らしているかれらをこのまま放っておいてもよいと思った」にすぎない。

ヤンソンが「おとなの文学」へ足をふみいれたとしても、「子どもの文学」つまりムーミン谷への扉は閉じられてはいない。いつでも帰っていける場所として、ヤンソンの心のなかに残りつづけている。そして、このタイトルが示唆するように、おそらく谷へ帰っていく道も「ひとつ」ではない。ヤンソンは雑誌『ヴォル・ディド』のインタヴュー（一九六二年十月号）で、ムーミン谷の住人たちを、子ども時代にむかってちょっぴり開いている「扉にできた裂けめ」に喩《たと》えた。

わたしの記憶はどうしようもなく頼りなくて、日付やできごとはするすると抜けおちて、何年もあったはずの子ども時代は、ただひとつの長い夏として思いだされてしまいます。けれどもわたしは、子ども時代というあの特別な世界からたちのぼる匂いや、色あいや、口ぶりや、気分を、あの裂けめのおかげで呼びもどすことができるのです。

ヤンソンのしあわせな子ども時代の記憶は、よく知られているように、夏の島暮らしをめぐってかたちづくられた。ムーミン谷はこの記憶から生まれたのだ。このムーミン谷にもまた「ふたつの顔」がある。「ムーミン谷は、スウェーデンの祖父が住むしあわせな谷と、フィンランドの島々とがいっしょになって、それもうまいぐあいにまざりあって、できたもの」とヤンソンはいう。ヤンソンの子ども時代の記憶のなかで、ムーミン谷はきわめてリアルな場所とむすびつく。ひとつはストックホルム近郊の多島海にうかぶ島に、いまひとつはフィンランド湾沖の島に。しかし同時に、ムーミン谷はどこにも存在しないユートピアでもある。だからこそ、作者とおなじく読者もまた、想像の翼を存分にひろげることができる。ヤンソンは読者の裁量にゆだねる。どのように読んでもかまわない。むしろ、どのようにでも読めるのが、ムーミン谷の特性なのだと。

児童文学、連載漫画《コミックス》、絵本など、さまざまな「顔」をもつムーミンだが、じつはパペット（人形劇）版もある。ヤンソン作品ではないので本文では言及しなかったが、一九七九年に全七八話の短篇フィルムがポーランドとオーストリアで共同制作されている。日本でも一九九〇年代初めにテレビ放映され、二〇〇三年には単館上映ながら劇場で公開された。近年では全話収録のＤＶＤが入手できる。二次元のムーミンたちを違和感なく三次元化した造型の妙をはじめ、画面をつつみこむ奇妙に生活感のない色あい、オフビート気味の動きや喋りのテンポ、一九二〇年代のジャズを思わせるＢＧＭなどが相まって、観ている者の脳に、あふれるようなアルファ波を送りこんでくる。どことなく原作の趣をたたえているせいか、児童文学の愛読者にもパペット版のファンは多い。

じっさいヤンソンは、みずから監修にたずさわったこの映像作品を高く評価していた。なかでもパペットの制作者スタニスラフ・ビスチンスキーとの出会いによって、自分が生みだしたムーミンとは異なっても、たんなる副次的な派生物ではなく、独自の生命をもったキャラクターが存在しうることに気づいた。このあたりの経緯は、小説『フェアプレイ』の一節を参考にできるかもしれない。

『フェアプレイ』の「ウラディスラウ」と題された章では、ビスチンスキーとおぼしき遠来の客との一期一会がコミカルな筆致で描かれる。「マリオネット制作の名人」ウラディスラウは、ワルシャワの南西の都市ルージから、当時のレニングラード（現サンクトペテルブルク）を経由して、はるばるヘルシンキまでやってくるという。東欧のポーランドと西側のフィンランドとの交流が、いまほど容易ではなかった時代の話だ。旅行の準備だけで数か月もかかる。『フェアプレイ』によると、「要請や推薦や調査をくり返し、胡散《うさん》くさげに文句をつける役所の関門をひとつひとつ突破して、ようやく実現したのである」。東西をへだてる象徴というべき「ベルリンの壁」が崩れさったのは、一九八九年、奇《く》しくも『フェアプレイ』刊行の直後であった。母国フィンランドが境界を接する大国ソヴィエト連邦に、いかに長年にわたって緊張を強いられてきたかを知っていたヤンソンは、おなじような運命を共有してきた東欧諸国につよい仲間意識をもっていた。あらゆる手立てを尽くしてこのポーランド人を迎える気でいたのだろう。

ところが、この遠来の客、なかなかの傑物である。主人公マリとの出会いからして度肝をぬく。ヘルシンキの鉄道駅に迎えにいったマリの眼前に、背が高く、痩せて、分厚い黒の外套をきこみ、帽子はかぶらず白髪を風になびかせる男が、「異彩を放つ鳥」のように列車からおりたった。しかも照れもせず凝った演出を堂々とやってのける。

彼はしなやかな大またでホームにおり、スーツケースを慎重におろし、彼女の前で雪のなかにひざまずく。大胆にしわの刻まれたすばらしく老いた顔、大きな鷲鼻。そして驚かされるのは、若き日の輝きを無疵でたもっているとみえる暗褐色の大きな瞳…。

「ウラディスラウ」とマリはいう。「どうぞ立ってください」

彼は網袋をあけ、ひとかかえのカーネーションの花束をマリの足元にまいた。風に煽られた花がプラットホームに散らばるので、マリは拾いあつめようと身をかがめる。

「いやいや」とウラディスラウがいう。「そのままに。花はここに残すのです。フィンランド伝説に敬意を表して、ウラディスラウ・レニエヴィッチが通りすぎた証として」

（『フェアプレイ』）


翼をたたんだ猛禽のような佇《たたず》まいとあたりを睥睨《へいげい》する鋭い視線、これだけでも充分に印象的だ。しかしウラディスラウの真骨頂は彼の芸術観にある。そして歯に衣きせぬ率直すぎる指摘にも。ウラディスラウはマリに平然といい放つ。たしかに、あなたはある種の造型を描きあげた、しかし、そこには生きた表情も言葉もない、そんな生気のない連中に生命を与えたのは、すなわち垢ぬけない物語《サーガ》のガラス片をダイヤモンドに磨きあげたのは、ほかならぬこのわたしなのですよ、と。もちろん原作者であるマリは鼻白むが、ウラディスラウは相手の不興などおかまいなしに、人形の思念《イデー》について語りはじめる。

ゆきかう人びとの顔や表情をじっくりと観察し、これ以上ないほど単純な描線にまできりつめて、いわば表情や情念の結晶をつくりあげる、ここにウラディスラウの本領がある。「究極の本質へと収斂された凄まじい生命」を求めて、余分な要素を削りおとしていく禁欲的な手法は、ヤンソンの父もそうだった彫刻家を連想させなくもない。事実、この非礼きわまる客人がたんなるメガロマニアでないことをマリが知ったのは、ウラディスラウ作のマリオネットの手をみたときだ。

　包みがつぎつぎにほどかれ、いくつもの手がマリの前に並べられる。マリは黙ってみつめる。想像を絶する美しさだった。恥じらう手、貪欲な手、拒絶する手、懇願する手、赦しを与える手。それぞれが怒りや慈しみをあらわしていた。（同前）

ぞっとするほどの生命力にみちたそれらの手にふれて、マリは彫刻的なるものにひそむ無尽蔵のエネルギーを直感する。彫刻的であるといっても、むろん現実に彫刻である必要はない。おそらくマリは自分の作品に欠けていたものがなにかを悟ったのだ。偽りのないはげしい情念と、これを浄化するためのたゆまぬ鍛錬。九二歳の老芸術家は「やっと七〇歳かそこらの」主人公に忠告をする。芸術家にとって最大の敵は倦怠だ。投げやりになり、好奇心をなくすとき、芸術家は死を迎える。

フィクション上のできごとをそのまま事実とみなすのは無粋だろう。とはいえ、個性的な客人にふりまわされて、いらだち、とまどい、腹をたて、最後にふかく感じいるヤンソンを想像するのは、たのしい。ウラディスラウというみごとな先達に導かれてか、生前のヤンソンは口癖のようにいっていた。よい芸術家になるには百年かかる、たいせつなことは歓びを失わないことだ、と。その言葉にたがわず、ヤンソンは二〇〇一年六月に八六歳で亡くなるまで創作にとりくみつづけた。

現実には、年齢をかさねるとともに、自由に動ける空間は徐々にせばまっていく。近くの大きな島との唯一の連絡手段であるボートのヴィクトリア号をもてあますようになったのだ。岩の上にひきあげておかないと、嵐になるとボートは流されてしまう。たんなる体力の衰えではすまされない。生命にもかかわる一大事なのだ。島暮らしの限界をつげる兆候はいくつもある。漁の網をひきあげるのがとつぜん億劫《おっくう》になる。扱いにくい土壌に苦労する。煙突の煤《すす》払いをしに屋根にのぼる気がしない。とどめは海への恐怖である。「大きな波はもはや冒険を意味するのではなく、もっぱら自分のボートにたいする、ひいては悪天に沖合をいくすべての舟にたいする——不安や責任感をかきたてるようになったのだ」(『島暮らしの記録』)。

一九九一年、七七歳になったヤンソンは、幼いころから夏をすごしてきたフィンランド湾沖の島をひきあげ、ロフトの窓から港がみえるヘルシンキ市内のアトリエで書きつづけることを選んだ。淡々と島の日常を描く『島暮らしの記録』からは、もはや自身は足をふみいれることのない島にたいする愛着と惜別が伝わってくる。『島暮らしの記録』の最終章で、まもなくあとに残していく島にむかってヤンソンは、めずらしく、はげしい口調で心情を吐露する。

そう、これっきり漁はしないのだ。ごみを海に投げすてるのも、雨水が足りるかどうかの心配をするのも、ヴィクトリア号のために不安な思いをするのも、もうこれでおしまい。おまけに、こんりんざい、だれからも気づかわれる心配もない! けっこう。それからこうも思う。野原が好きなだけむちゃくちゃに生い茂ってなにが悪い、美しい石ころがだれの眼にもとまらず讃美もされず、自分の気のすむように崩れ落ちてなにが悪い、などなど。やがて腹がたってきた。あの陰湿な鳥どもの縄張り争いなどなるようになれ、どこかの間抜け鷗《かもめ》がわれこそは小屋の主なりとうぬぼれようと、わたしの知ったことか!

どうまちがっても、ヤンソンは妙にものわかりのよい老人にはならない。ウラディスラウのように、おだやかな表情のなかにも鋭い眼光をたやさない。ときには心から腹をたてることもためらわない。これはというときには非礼と思えるほど率直であること。他人にたいして、そしてなによりも自分にたいして。それがおそらくは創作の歓びを生き生きと味わい、いつまでも好奇心を失わずにいるための秘訣なのである。

注記

ヤンソンはみずからが創造した主人公ムーミントロールを、三〇年以上にわたって、さまざまな文学ジャンルやメディアに登場させた。児童文学、新聞連載漫画《コミックス》、絵本、その他ここでは扱わないが風刺漫画、演劇、音楽、ラジオドラマ、写真絵本、三次元ジオラマにいたるまで。類似した呼称による混乱を避けるために、以下に記すように便宜上の呼称を利用した。なお、本書の引用はすべて拙訳による。登場人物の表記にあたっては、スナフキンやニョロニョロのように既訳がひろく定着している呼称はべつとして、原則として原語に近い呼称をもちいた。また、作者名の原語表記の発音は「トーヴェ」に近いが、本書では日本でひろく使われている「トーベ」に統一した。

＊　児童文学の古典というべき九冊の小説および短篇集を、本書では「ムーミンシリーズ」、またはたんに児童文学と呼ぶ。ヤンソン自身はこれらを「ムーミン本《ブック》」または「ムーミン物語《ベレッテルセ》」と呼び、北欧をはじめヨーロッパの研究書や記事もこの呼称を使うが、本書では連載漫画「ムーミン」との混同を避けるためにあえて使用を控えた。なお、第一作から第五作までを「シリーズ前半」または「夏」、第六作から第九作までを「シリーズ後半」または「冬」と呼ぶこともある。

書名のあとの（　）内には原作刊行年を記した。なおムーミンシリーズは、現在、講談社から以下の判型で入手できる。単行本「ムーミン童話全集」（全集第三版、全九巻、一九九〇〜九二）、新書判型の青い鳥文庫（全九巻、一九八〇〜九九）、講談社文庫（第一作以外の全八巻、一九七八〜八〇）の三種類である。

＊＊『イヴニング・ニューズ』に掲載された連載漫画《コミックス》「ムーミン」を、本書では「ムーミンコミックス」と総称する。ムーミンコミックスには七三の話《エピソード》がある。うちトーベ・ヤンソンがかかわったのは、一九五四年から一九五九年にかけて刊行された第一話から第二一話である。ただし、第一四～一七話、第一九～二一話の計七話では、粗筋《シノプシス》でラルスの協力を得た。一九六〇年から一九七五年まで、すなわち第二二話から第七三話までは、ラルスが単独で絵も文章も担当した。その意味でコミックスはトーベとラルスの共作といえるが、本書ではトーベ・ヤンソンの作品に限定して論じた。

各表題のあとの（　）内には、各作品の製作年を記した。なおムーミン・コミックスは、現在、筑摩書房で「ムーミン・コミックス」（全一四巻）で入手できる。コミックス版ムーミンの邦訳は、以前にも二度、「ムーミンまんがシリーズ」（講談社、一九六九～七〇）および「ムーミンの冒険日記」（福武書店〔現ベネッセ〕、一九九一～九三）として出版されたが、現在はいずれも絶版で入手はむずかしい。筑摩書房刊（二〇〇〇～〇一）のコミックスには、トーベ作は二一話すべて、ラルス作は五二話中二一話、あわせて四二話が収録されている。

ムーミンコミックスを論じるにあたり、とくに「アソシエイティド・ペイパーズ」との契約の経緯等について、Juhani Tolvanen, *Vid min svans!*, Schildts, 2000 を参考にした。ここに記して感謝したい。

＊＊＊　本書ではおとなむけの短篇集と中・長篇小説を便宜上「ポストムーミン」と総称する。各表題のあとの（　）内には、原作の刊行年を記した。

トーベ・ヤンソン邦訳作品一覧　＊拙訳

1ムーミンシリーズ（すべて講談社）

『小さなトロールと大きな洪水』＊
『たのしいムーミン一家』
『ムーミン谷の彗星』
『ムーミン谷の仲間たち』
『ムーミン谷の夏まつり』
『ムーミン谷の冬』
『ムーミンパパの思い出』
『ムーミンパパ海へいく』
『ムーミン谷の十一月』

2ムーミン絵本（すべて講談社）

『それからどうなるの？』
『さびしがりやのクニット』
『ムーミン谷へのふしぎな旅』

3ムーミン・コミックス（すべて筑摩書房）

「ムーミン・コミックス」全14巻＊
（『黄金のしっぽ』～『ひとりぼっちのムーミン』）

4小説・短篇集

『彫刻家の娘』（講談社）＊
『少女ソフィアの夏』（講談社）
「トーベ・ヤンソン・コレクション1～8」（筑摩書房）＊
『島暮らしの記録』（筑摩書房）＊
『誠実な詐欺師』（ちくま文庫）＊
『トーベ・ヤンソン短篇集』（ちくま文庫）＊

トーベ・ヤンソン（一九一四―二〇〇一）略年譜

一八八二年		母シグネ・ハンマルステン（通称ハム）、スウェーデンで誕生。
一八八六		父ヴィクトル・ヤンソン（通称ファッファン）、ヘルシンキで誕生。
一九一三		シグネとヴィクトル、結婚。
一九一四	〇歳	トーベ・マリカ・ヤンソン（通称トーベ）、ヘルシンキで誕生。
一九二〇	六	弟ペル・ウロフ（通称ペルッレ）誕生。
一九二六	一二	末弟ラルス（通称ラッセ）誕生。
一九三〇	一六	ストックホルム工芸専門学校（シグネの母校）に留学、三年通う。
一九三三	一九	ヘルシンキのアテネウム美術学校（ヴィクトルの母校）に入学、一九三七年まで通う。
一九三八	二四	スウェーデン、ドイツ、パリ、イタリアに美術留学（～一九三九）。
一九四〇	二六	ヘルシンキで新進画家五人展に絵画出品。
一九四三	二九	ヘルシンキで初の個展。
一九四五	三一	ムーミンシリーズ第一作『小さなトロールと大きな洪水』刊行。
一九四六	三二	ムーミンシリーズ第二作『彗星を追って』（『ムーミン谷の彗星』の原型）刊行。
一九四七	三三	最初の連載漫画『ムーミントロールと地球の終わり』掲載。

一九四八　三四　ムーミンシリーズ第三作『たのしいムーミン一家』刊行。
一九四九　三五　初の劇作品『ムーミントロールと彗星』、ヘルシンキのスヴェンスカ劇場で初演。
一九五〇　三六　ムーミンシリーズ第四作『ムーミンパパの手柄話』（『ムーミンパパの思い出』）刊行。
一九五二　三八　ロンドンの『イヴニング・ニューズ』と新聞連載漫画の七年契約。
　　　　　　　　ムーミン絵本第一作『それからどうなるの？』刊行。
一九五四　四〇　『イヴニング・ニューズ』で「ムーミン」の連載始まる。
　　　　　　　　ムーミンシリーズ第五作『ムーミン谷の夏まつり』刊行。
一九五六　四二　『彗星を追うムーミントロール』改作されて刊行。
　　　　　　　　『ムーミンパパの手柄話』改作されて刊行。
　　　　　　　　『たのしいムーミン一家』一部改作されて刊行。
一九五七　四三　ムーミンシリーズ第六作『ムーミン谷の冬』刊行。
一九五八　四四　父ヴィクトル、歿す。
　　　　　　　　子どもむけの小劇『出番待ちのムーミントロール』がヘルシンキのリッラ劇場で初演。
一九五九　四五　『イヴニング・ニューズ』の連載漫画「ムーミン」終了（全二一話）、その後、ラルスが一九七五年まで担当（全五二話）（「ムーミン・コミックス」四二話収録、全一四巻）。
一九六〇　四六　ムーミン絵本第二作『さびしがりやのクニット』刊行。
一九六二　四八　ムーミンシリーズ第七作『ムーミン谷の仲間たち』刊行。

一九六五年	五一歳	ムーミンシリーズ第八作『ムーミンパパ海へいく』刊行。
一九六八	五四	小説『彫刻家の娘』刊行。
一九六九	五五	最初のTVアニメ「ムーミン」、日本で放映開始。
一九七〇	五六	母シグネ、歿す。 ムーミンシリーズ第九作『ムーミン谷の十一月』刊行。
一九七一	五七	招かれて初来日、その後八か月の世界旅行。 短篇集『聴く女』（「トーベ・ヤンソン・コレクション」8）刊行。
一九七二	五八	TVアニメ「ムーミン」放映再開。 小説『少女ソフィアの夏』刊行。
一九七四	六〇	小説『太陽の街』（「トーベ・ヤンソン・コレクション」6）刊行。 『ムーミン・オペラ』がヘルシンキの国立オペラ劇場で初演。
一九七七	六三	ムーミン絵本第三作『ムーミン谷へのふしぎな旅』刊行。
一九七八	六四	短篇集『人形の家』（「トーベ・ヤンソン・コレクション」5）刊行。
一九八〇	六六	ムーミン写真絵本第四作『ムーミン屋敷のならず者』（未邦訳）刊行。 タンペレ市立図書館に「ムーミン谷」美術館を創設。
一九八二	六八	小説『誠実な詐欺師』（「トーベ・ヤンソン・コレクション」2）刊行。 小劇『出番待ちのムーミントロール』がストックホルムの劇場で上演。
一九八四	七〇	小説『石の原野』（「トーベ・ヤンソン・コレクション」4）刊行。

一九八六	七二	ムーミンシリーズや絵本などの原画をタンペレの「ムーミン谷」美術館に寄贈。
一九八七	七三	短篇集『軽い手荷物の旅』（「トーベ・ヤンソン・コレクション」1）刊行。
一九八九	七五	小説『フェアプレイ』（「トーベ・ヤンソン・コレクション」7）刊行。
一九九〇	七六	招かれて二度めの来日。二度めのTVアニメ「楽しいムーミン一家」、日本で放映開始。その後、フィンランドとスウェーデンでも放映。
一九九一	七七	タンペレ市立美術館で「『ガルム』挿絵展」開催。 短篇集『クララからの手紙』（「トーベ・ヤンソン・コレクション」3）刊行。
一九九二	七八	トゥルク近郊のナーンタリに「ムーミンワールド」オープン。翌年にかけて大規模な絵画展が開催される。
一九九四	八〇	タンペレでヤンソン生誕八〇年記念の国際会議と絵画展が開催される。
一九九六	八二	随想集『島暮らしの記録』刊行。
一九九八	八四	短篇選集『伝言』（一部未邦訳）刊行。
二〇〇〇	八六	弟ラルス、歿す。
二〇〇一		トーベ、歿す。享年八六。

文庫版あとがき

単行本で『ムーミンのふたつの顔』が刊行されてすでに五年半になる。その間、たとえばムーミン・コミックスの認知度はかなり高まった。トーベ・ヤンソンの長篇小説や短篇集も文庫化されて、徐々にではあるがひろく読まれるようになった。

さらに、ここ十数年来の北欧諸国の再評価は、すでに一過性のブームの域をこえたといってよい。建築・音楽・デザイン・テキスタイル・インテリアなどの伝統的分野でいっそう人気が高まると同時に、教育達成度・男女共生度およびハイテク産業の分野での成果はめざましく、日本でのフィンランドの存在感は高まる一方である。

そのせいか、ムーミンたちが架空の存在であるにせよ、実在の国フィンランドと密接な関係があるらしいことや、作者ヤンソンがスウェーデン語を母語とするフィンランド人であること、また、ヤンソンが児童文学だけでなく連載漫画《コミックス》の領域においても名をはせるにいたった経緯も、日本の多くのムーミン愛読者の知るところとなった。

こうした状況の変化をかんがみ、今回の文庫化にあたっては、すでに旧聞に属すると思われる記述は削除または簡素化した。一方で、必要に応じた加筆を全篇にほどこし、部分的には構想も練りなおした。また、新聞・雑誌類からの引用には出典を記し、いっそうの正確を期した。

トーベ・ヤンソンは多様なメディアやジャンルで活躍し、それらに固有の制限や要請を、そのつどあらたな相貌をのぞかせつつ、はためには飄々として軽やかに、だがおそらくは並々ならぬ意欲と克己の力で着実にのりこえてきた。その芸術的霊感のおよぶ領域の広さ、その伎倆的習熟の高さに加えて、手がけた領域のひとつひとつにおいて、ヤンソンが独自の境地を拓いたという事実に、あらためて驚かされる。この稀有な芸術家の全貌に迫りたいという筆者の積年の希いが、本文庫を手にとってくださるかたがたにも共有されるなら、これ以上の歓びはない。

本書の構想から執筆・校正にいたるまで、元筑摩書房編集部の藤本由香里氏に、また文庫化にあたっては筑摩書房編集部の喜入冬子氏に、多くの示唆をいただいたことを記し、両氏に感謝をささげたい。

二〇一〇年十二月

冨原眞弓

解説　孤独と自由の成熟度を測る

梨木香歩

『彫刻家の娘』『誠実な詐欺師』、短篇集等々、トーベ・ヤンソンの（本書の言葉を借りれば）「おとなの顔」をした小説の魅力を、日本の読者に知らしめた翻訳者として、冨原眞弓氏の功績は大きい。私もその恩恵に浴した一人である。

けれどもヤンソンを有名にしたのはやはりムーミントロールだ。そのシリーズが作品によって趣を変えることを、夏のムーミン、冬のムーミンと示唆しながら、本書は、ヨーロッパで、或いは日本で、それぞれ異なったメディアでの受容の歴史をもつ「ムーミン」を追いつつ、そのときどきの、ヤンソンその人の心の葛藤や、彼女の内的必然にまで迫っている。

明るく楽しい夏のムーミンが、孤独で不安な冬のムーミンをどこかに内包しているからこそ、或いは冬のムーミンが夏のムーミンに支えられているからこそ、ムーミンは人を引き付ける。あの、奇妙な暗さが、たぶん、子どもを（そして大人を）安心させるのだ。夏の顔と冬の顔、子どもの顔と大人の顔に象徴される、あらゆる両義性が、互いが互いの陰影を深める結果となり、立体的な「存在」を構成する（本書によると、アメリカではヨーロッパや日本ほどムーミンは受け入れられていないそうである。なるほどムーミンは、ミッキーマウスのように、「影」を全く排除した、分かりやすく平面的な「キャラクター」ではない）。登場人物の中には、孤独や不安がそのまま形になったようなものさえ少なからずいる。意識さえされなかった不安が、そうやって認識されることは、不安を消すことにはならないが、心の安定には繫がる気がする。

「子どもの読者を対象とする児童文学で、この手の不安はどこまで描けるのか。どこまで描いてよいのか。たとえ描いても、子どもには理解できないのではないか。」というマスコミの問いに、ヤンソン自身がインタビューで答えている件（一六九頁）は読みごたえがある。

私見だが、こういう不安が理解できるかできないかは、子どもと大人の差ではなく、おそらくある種の（厄介な）センシティヴィティのあるなしの「差」でもあるのだと思う。「この手の不安」を理解しない大人もいるし、理解する大人は、子どものときにもそれを感じ取っただろう。年齢ではなく、人の「質」がそれを分けるように思う。冨原氏が、「……ヤンソンの作品を訳した経験からみて、〈子ども向け〉と〈おとな向け〉とで文体や語彙に質的な差があるようには思えない。いずれも選びぬかれた語彙を駆使したストイックな文体である。」(『ムーミン谷のひみつ』「序」より)と述懐されているのも肯ける。

ムーミンが国際的に有名になるきっかけを作った、英国イヴニング・ニューズ紙のサットン氏とヤンソンが初めて会ったのが、聖ヴァルプルギスの夜(闇の生きものたちが繰り出して大路を練り歩くような、北欧の無礼講の夜)だったというのはきわめて暗示的で、愉快なエピソードだ。

本書にはそういう興味深いエピソードも多い。ヤンソンがムーミンコミックスの新聞連載を弟ラルフに事実上委譲することになり、自身による最後の作品を書き上げた、その打ち上げの乾杯の後、木に登ったとされる逸話も忘れ難い。

「木登りは神聖な儀式である。家族の絆の象徴でもある。―略―『彫刻家の娘』の少女も木によじ登って、風に吹かれるのが好きだ。「ママのおなかにいつまでもいられないのなら、高い木のてっぺんにすわるのがいちばん安全だと思う」からである」(一四六頁)。

ことが起こると、とにかく全体が見渡せる高い所に登りたがるという習性は、人間の、というよりも、鳥の本能に近いように思う。特に群れない鳥の。不安になったとき、あるいは思い切り浮かれたいとき、その油断を突かれることのないよう、侵入者や外敵の有無を確かめ、見張り、いたらその位置を正確に把握するため、「高さ」が必要なのだ。「高い木のてっぺんにすわるのがいちばん安全」だと思う心性は、孤独と自由を空気のようにまとい、そのための代価もまた、きっと支払ったであろうヤンソンにふさわしいものに思われてならない。

ムーミンシリーズの登場人物の中で、一番「孤独と自由」を愛しているように見えるのはスナフキンだが、「自由であることにこだわる必要も感じないママのほうが、自由を求めて定期的に旅にでるスナフキンよりも、もしかするとはるかに自由なのかもしれない」（二二〇頁）とあるように、「孤独と自由」は、スナフキンに代表される格好よさばかりではなく、『少女ソフィアの夏』の祖母が言うように「人なかにいても孤独にはなれ」るものでもあり、モランのように、文字通り身も凍るような疎外感を持つものでもある。そのことをヤンソンは作品を通して繰り返し記してきた。

冨原氏は、そういうヤンソンの人格形成の過程で、看過できない事実の一つとして、彼女の家族がフィンランド国民の中で、（現在）約六パーセントしかいない、スウェーデン語系であったことを挙げている。

「ヤンソンは言語的少数派として、伝達手段としての言語がかならずしも万人にとって自明ではないことを、否応なく、子どものころから知っていた。自分が他と異なることをうけいれる、あるいは他が自分と異なることをうけいれる、それも理屈ではなく直感的に。この自発的寛容の精神ともいうべきものが―略―あらゆるヤンソン作品をつらぬいている」（八五頁）。

これは私たちには、何かの大きなヒントになる言葉ではないだろうか。

もし仮に日本が、これほどまでに日本語コミュニケーションの完璧な国でなかったら、学校で、あるいは会社で、周囲から浮くことを怖れたり、浮いている人を即座に村八分にするような病的な村社会にはなりにくいのではないか。もちろん、国語をないがしろにしろと言っているわけではなく、「隣人は自分と異なるのが当たり前」という意識をもつ、そのエッセンスの転用ができないものかと、想像をめぐらしているのだが。

「……それぞれが堂々とわが道をいき、互いに干渉したりしない。たとえ仲のよい家族であっても、求められてもいない忠告をしたり、相手が話したがらないひみつを聞きだそうとしたりはしない。寛容であれ。これがムーミン谷で守るべき唯一の掟である。自分が自由であるために、互いに自由であるために」（一一三頁）。

個人主義が根付くとしたら、まさにこうあってほしいと願う。が、そうなると当然、その孤独の代価が支払えるだけの、強靭な自我を育てることがまず先決になるだろう、が、それはそもそも日本の風土に合っているのか、いずれにしてもそう一筋縄ではいかないことだろうな、等々、めぐらした想像は次第に勢いがなくなっていくのだが。

冨原氏がヤンソンと個人的な交遊を持っていたことは、本書には具体的には記されていない。それでも氏が、ヤンソンを深く敬愛していたことは行間から察せられる。その愛情と憧憬に満ちた温かな交遊のさなかでも、おそらく彼女の研究者としての目は、冷静に、客観的に、ヤンソンの「孤独と自由」の成熟度を、観察し続けてきたのだろう。

本書は、そのふたつのベクトルが緊張を孕んだ中で生み出された、ヤンソン作品読者への賜物と思われる。「ムーミンのふたつの顔」が、確かに正しくひとつの像を結んできたように。

（なしき・かほ　作家）

本書は二〇〇五年七月、筑摩書房より刊行されました。
文庫化にあたり、加筆訂正してあります。

『ムーミン・コミックス』(全14巻)

トーベ・ヤンソン＋ラルス・ヤンソン　**冨原眞弓＝訳**
筑摩書房

第1巻　黄金のしっぽ
黄金のしっぽ
ムーミンパパの灯台守

第2巻　あこがれの遠い土地
ムーミン谷のきままな暮らし
タイムマシンでワイルドウエスト
あこがれの遠い土地
ムーミンママの小さなひみつ

第3巻　ムーミン、海へいく
ムーミン、海へいく
ジャングルになったムーミン谷
スニフ、心をいれかえる

第4巻　恋するムーミン
恋するムーミン
家をたてよう
ちっちゃなバンパイア
署長さんの甥っ子

第5巻　ムーミン谷のクリスマス
預言者あらわる
イチジク茂みのへっぽこ博士
ムーミン谷のクリスマス

第6巻　おかしなお客さん
おかしなお客さん
ミムラのダイヤモンド
レディ危機一髪

第7巻　まいごの火星人
まいごの火星人
ムーミンママのノスタルジー
わがままな人魚

第8巻　ムーミンパパとひみつ団
やっかいな冬
ムーミンパパとひみつ団
ムーミン谷の小さな公園

第9巻　彗星がふってくる日
彗星がふってくる日
サーカスがやってきた
大おばさんの遺言

第10巻　春の気分
南の島へくりだそう
ムーミン谷の宝さがし
春の気分

第11巻　魔法のカエルとおとぎの国
おさびし島のご先祖さま
魔法のカエルとおとぎの国
テレビづけのムーミンパパ

第12巻　ふしぎなごっこ遊び
ふしぎなごっこ遊び
ムーミンと魔法のランプ
ムーミン谷の大スクープ

第13巻　しあわせな日々
スナフキンの鉄道
しあわせな日々
まよえる革命家

第14巻　ひとりぼっちのムーミン
ひとりぼっちのムーミン
ムーミン谷への遠い道のり
ムーミントロールと地球の終わり

猫語の教科書
ポール・ギャリコ　灰島かり訳
ある日、編集者の許に不思議な原稿が届けられた。それはなんと、猫が書いた猫のための「人間のしつけ方」の教科書だった……⁉　（大島弓子）

猫語のノート
ポール・ギャリコ　西川治写真　灰島かり訳
猫たちのつぶやきを集めた小さなノート。その時の猫たちの思いが写真とともに1冊になった。『猫語の教科書』姉妹篇。（大島弓子・角田光代）

アーサー王の死　中世文学集Ⅰ
T・マロリー　厨川《くりやがわ》文夫／圭子編訳
イギリスの伝説の英雄・アーサー王とその円卓の騎士団の活躍ものがたり。厖大な原典を最もうまく編集したキャクストン版で贈る。（厨川文夫）

炎の戦士クーフリン／黄金の騎士フィン・マックール
ローズマリー・サトクリフ　灰島かり／金原瑞人／久慈美貴訳
神々と妖精が生きていた時代の物語。かつてエリンと言われた古アイルランドを舞台に、ケルト神話に名高いふたりの英雄譚を1冊に。（井辻朱美）

ギリシア神話
串田孫一
ゼウスやエロス、プシュケやアプロディテなど、人間くさい神々をめぐる複雑なドラマを、わかりやすく綴った若い人たちへの入門書。

ケルト妖精物語
W・B・イエイツ編　井村君江編訳
群れなす妖精もいれば一人暮らしの妖精もいる。不思議な世界の住人達がいきいきと甦る。イエイツが贈るアイルランドの妖精譚の数々。

ケルトの薄明
W・B・イエイツ　井村君江訳
無限なものへの憧れ。ケルトの哀しみ。イエイツ自身が実際に見たり聞いたりした、妖しくも美しい話ばかり40篇。（訳し下ろし）

ケルトの神話
井村君江
古代ヨーロッパの先住民族ケルト人が伝え残した幻想的な神話の数々。目に見えない世界を信じ、妖精たちと交流するふしぎな民族の源をたどる。

ムーミン・コミックス　セレクション1
ムーミン谷へようこそ
トーベ・ヤンソン＋ラルス・ヤンソン　冨原眞弓編訳
ムーミン・コミックスのベストセレクション。1巻はムーミン谷で暮らす仲間たちの愉快なエピソードを4話収録。オリジナルムーミンの魅力が存分に。

ムーミン・コミックス　セレクション2
ムーミン一家のふしぎな旅
トーベ・ヤンソン＋ラルス・ヤンソン　冨原眞弓編訳
ムーミン・コミックスのベストセレクション。2巻は日常を離れ冒険に出たムーミンたちのエピソードを4話収録。コミックスにしかいないキャラも。

ムーミンを読む　冨原眞弓
ムーミンの第一人者が一巻ごとに丁寧に語る、ムーミン物語の魅力！ 徐々に明らかになるムーミン一家の過去や仲間たち。ファン必読の入門書。

クマのプーさん エチケット・ブック　A・A・ミルン　高橋早苗訳
『クマのプーさん』の名場面とともに、プーが教えるマナーとは？　思わず吹き出してしまいそうな可愛らしい教えたっぷりの本。（浅生ハルミン）

魂のこよみ　ルドルフ・シュタイナー　高橋巖訳
悠久をへめぐる季節の流れに自己の内的生活を結びつけ、魂の活力の在処を示し自己認識を促す詩句の花束。瞑想へ誘う春夏秋冬、週ごと全52詩篇。

新編 ぼくは12歳　岡真史
12歳で自ら命を断った少年は、死の直前まで詩を書き綴っていた。――新たに読者と両親との感動の往復書簡を収録した決定版。（高史明）

心の底をのぞいたら　なだいなだ
つかまえどころのない自分の心。知りたくてたまらない他人の心。謎に満ちた心の中を探検し、無意識の世界へ誘う心の名著。（香山リカ）

生きることの意味　高《コ》史《サ》明《ミョン》
さまざまな衝突の中で死を考えるようになった一朝鮮人少年。彼をささえた人間のやさしさを通して、生きることの意味を考える。（鶴見俊輔）

まちがったっていいじゃないか　森毅
人間、ニブイのも才能だ！　まちがったらやり直せばいい。少年のころを振り返り、若い読者に肩の力をぬかせてくれる人生論。（赤木かん子）

星の王子さま、禅を語る　重松宗育
『星の王子さま』には、禅の本質が描かれている。住職でアメリカ文学者でもある著者が、難解な禅の哲学を指南するユニークな入門書。（西村惠信）

友だちは無駄である　佐野洋子
でもその無駄がいいのよ。つまらないことや無駄なことって、たくさんあればあるほど魅力なのよね。一味違った友情論。（亀和田武）

自分の謎　赤瀬川原平
「眼の達人」が到達した傑作絵本。なぜ私は、ここにいるのか。自分が自分である不思議について。「こどもの哲学　大人の絵本」第1弾。（タナカカツキ）

素粒子　ミシェル・ウエルベック　野崎歓訳
人類の孤独の極北にゆらめく絶望的な愛――二人の異父兄弟の人生をたどり、希薄で怠惰な現代の一面を描き上げた、鬼才ウエルベックの衝撃作。

地図と領土　ミシェル・ウエルベック　野崎歓訳
孤独な天才芸術家ジェドは、世捨て人作家ウエルベックと出会い友情を育むが、作家は何者かに惨殺される――。最高傑作と名高いゴンクール賞受賞作。

競売ナンバー49の叫び　トマス・ピンチョン　志村正雄訳
「謎の巨匠」の暗喩に満ちた迷宮世界。突然、大富豪の遺言管理執行人に指名された主人公エディパの物語。郵便ラッパとは？　（巽孝之）

スロー・ラーナー［新装版］　トマス・ピンチョン　志村正雄訳
著者自身がまとめた初期短篇集。「謎の巨匠」がみずからの作家生活を回顧する序文を付した話題作。驚異に満ちた世界。　（高橋源一郎、宮沢章夫）

エレンディラ　G・ガルシア＝マルケス　鼓直／木村榮一訳
大人のための残酷物語として書かれたといわれる中・短篇。「孤独と死」をモチーフに、大著『族長の秋』につらなるマルケスの真価を発揮した作品集。

氷　アンナ・カヴァン　山田和子訳
氷が全世界を覆いつくそうとしていた。私は少女の行方を必死に探し求める。恐ろしくも美しい終末のヴィジョンで読者を魅了した伝説的名作。

アサイラム・ピース　アンナ・カヴァン　山田和子訳
出口なしの閉塞感と絶対の孤独、謎と不条理に満ちた世界を先鋭的スタイルで描き、作家アンナ・カヴァンの誕生を告げた最初の傑作。　（皆川博子）

オーランドー　ヴァージニア・ウルフ　杉山洋子訳
エリザベス女王お気に入りの美少年オーランドー、ある日目をさますと女になっていた――4世紀を駆ける万華鏡ファンタジー。　（小谷真理）

昔も今も　サマセット・モーム　天野隆司訳
16世紀初頭のイタリアを背景に、「君主論」につながるチェーザレ・ボルジアとの出会いを描き、「政治人間」の生態を浮彫りにした歴史小説の傑作。

コスモポリタンズ　サマセット・モーム　龍口直太郎訳
舞台はヨーロッパ、アジア、南島から日本まで。故国を去って異郷に住む〝国際人〟の日常にひそむ事件のかずかず。珠玉の小品30篇。　（小池滋）

バベットの晩餐会
I・ディーネセン　桝田啓介 訳
バベットが祝宴に用意した料理とは……。一九八七年アカデミー賞外国語映画賞受賞作の原作と遺作「エーレンガート」を収録。（田中優子）

ヘミングウェイ短篇集
アーネスト・ヘミングウェイ　西崎憲 編訳
ヘミングウェイは弱く寂しい男たち、冷静で寛大な女たちを登場させ「人間であることの孤独」を描く。繊細で切れ味鋭い14の短篇を新訳で贈る。

カポーティ短篇集
T・カポーティ　河野一郎 編訳
妻をなくした中年男の一日を、一抹の悲哀をこめ、ややユーモラスに描いた本邦初訳の「楽園の小道」他、選びぬかれた11篇。文庫オリジナル。

フラナリー・オコナー全短篇（上・下）
フラナリー・オコナー　横山貞子 訳
キリスト教を下敷きに、残酷さとユーモアのまじりあう独特の世界を描いた第一短篇集『善人はなかなかいない』を収録。個人全訳。（蜂飼耳）

動物農場
ジョージ・オーウェル　開高健 訳
自由と平等を旗印に、いつのまにか全体主義や恐怖政治が社会を覆っていく様を痛烈に描き出す。『一九八四年』と並ぶＧ・オーウェルの代表作。

パルプ
チャールズ・ブコウスキー　柴田元幸 訳
人生に見放され、酒と女に取り憑かれた超ダメ探偵が次々と奇妙な事件に巻き込まれる。伝説的カルト作家の遺作、待望の復刊！（東山彰良）

ありきたりの狂気の物語
チャールズ・ブコウスキー　青野聰 訳
すべてに見放されたサイテーな毎日。その一瞬の狂った輝きを切り取る、伝説的カルト作家の愛と笑いと哀しみに満ちた異色短篇集。（戌井昭人）

死の舞踏
スティーヴン・キング　安野玲 訳
帝王キングがあらゆるメディアのホラーについて圧倒的な熱量で語り尽くす伝説のエッセイ。「２０１０年版へのまえがき」を付した完全版。（町山智浩）

スターメイカー
オラフ・ステープルドン　浜口稔 訳
宇宙の発生から滅亡までを壮大なスケールで描いた幻想の宇宙誌。１９３７年の発表以来、各方面に多大な影響を与えてきたＳＦの古典を全面改訳で。

トーベ・ヤンソン短篇集
トーベ・ヤンソン　冨原眞弓 編訳
ムーミンの作家にとどまらないヤンソンの作品の奥行きと背景を伝える短篇のベスト・セレクション。「愛の物語」「時間の感覚」「雨」など、全20篇。

ねにもつタイプ　岸本佐知子

何となく気になることにこだわる、ねにもつ。思索、奇想、妄想はばたく脳内ワールドをリズミカルな名短文でつづる。第23回講談社エッセイ賞受賞。

TOKYO STYLE　都築響一

小さい部屋が、わが宇宙。ごちゃごちゃと、しかし快適に暮らす、僕らの本当のトウキョウ・スタイルはこんなものだ！　話題の写真集文庫化！

自分の仕事をつくる　西村佳哲

仕事をすることは会社に勤めること、ではない。仕事を「自分の仕事」にできた人たちに学ぶ、働き方のデザインの仕方とは。（稲本喜則）

世界がわかる宗教社会学入門　橋爪大三郎

宗教なんてうさんくさい!?　でも宗教は文化や価値観の骨格であり、それゆえ紛争のタネにもなる。世界宗教のエッセンスがわかる充実の入門書。

ハーメルンの笛吹き男　阿部謹也

「笛吹き男」伝説の裏に隠された謎はなにか？　十三世紀ヨーロッパの小さな村で起きた事件を手がかりに中世における「差別」を解明。（石牟礼道子）

増補　日本語が亡びるとき　水村美苗

明治以来豊かな近代文学を生み出してきた日本語が、いま、大きな岐路に立っている。我々にとって言語とは何なのか。第8回小林秀雄賞受賞作に大幅増補。

子は親を救うために「心の病」になる　高橋和巳

子は親が好きだからこそ「心の病」になり、親を救おうとしている。精神科医である著者が説く、親子という「生きづらさ」の原点とその解決法。

クマにあったらどうするか　姉崎等　片山龍峯

「クマは師匠」と語り遺した狩人が、アイヌ民族の知恵と自身の経験から導き出した超実践クマ対処法。クマと人間の共存する形が見えてくる。（遠藤ケイ）

脳はなぜ「心」を作ったのか　前野隆司

「意識」とは何か。どこまでが「私」なのか。死んだら「心」はどうなるのか。――「意識」と「心」の謎に挑んだ話題の本の文庫化。（夢枕獏）

しかもフタが無い　ヨシタケシンスケ

「絵本の種」となるアイデアスケッチがそのまま本に。くすっと笑えて、なぜかほっとするイラスト集です。ヨシタケさんの「頭の中」に読者をご招待！

ちくま文庫

ムーミンのふたつの顔《かお》

二〇一一年一月十日　第一刷発行
二〇二五年六月二十五日　第四刷発行

著者　冨原眞弓（とみはら・まゆみ）
発行者　増田健史
発行所　株式会社　筑摩書房
東京都台東区蔵前二―五―三　〒一一一―八七五五
電話番号　〇三―五六八七―二六〇一（代表）
装幀者　安野光雅
印刷所　TOPPANクロレ株式会社
製本所　加藤製本株式会社

ISBN978-4-480-42723-6 C0198